可愛い女の子に攻略されるのは好きですか？。

Do you like to be captured by a cute girl?

南条姫沙の裸身は、
恐ろしくも美しかった。

南条姫沙《なんじょうきさ》

日本の裏社会を牛耳るフィクサー家系の娘で天才策略家。
帝を手に入れるために「恋愛ゲーム」を持ちかける。

北御門帝
きたみかどみかど
日本の光を担ってきた政治家一家の息子。
超優秀で将来を嘱望されているが、
スキャンダルはご法度で恋愛耐性がない。

「わたくしが、必ずわたくしが、すべてを忘れさせてさしあげます。
わたくしのこと……帝様の好きに使って構いませんから……」
静川凛花 しずかわりんか
静川財閥の一人娘で、帝の許嫁。大和撫子然とした美少女。
家同士の都合以上に、自分から希望して帝の婚約者になった。

「頑張って、おねーちゃん！　応援してるから！
帝くんが義理のおにーちゃんになったら、
いつでもえっちなことできるし！」
南条美月《なんじょうみづき》
姫沙の妹。ファミレスとスマホゲームが好きな中学生。
跡取りとしては期待されておらず、自由奔放に振る舞い、
帝と仲良くなりたいと公言する。

「なにがなんでも婚約を妨害して、
北御門さんをこの手に収めてみせる」

目次
Table of Contents

Do you like to be captured by a cute girl?

可愛い女の子に攻略されるのは好きですか？

天乃聖樹

GA文庫

カバー・口絵　本文イラスト
kakao

プロローグ
PROLOGUE

二人きりの更衣室で、少年と少女が見つめ合う。

張り詰めた空気。少年の背中を流れる滝の冷や汗。

その少女――南条《なんじょう》姫沙《きさ》の裸身は、恐ろしくも美しかった。

純白の素肌はきめが細かく、見るだけでなめらかさを感じさせる。

細い腰と鎖骨には健全な色気が漂い、優雅な曲線美を描いている。

しなやかな指は、制服のスカートを今にも下ろそうとしていた。

「きゃ――」

「待て待て待て待て！」

叫ぼうする姫沙に、北御門《きたみかど》帝《みかど》は大慌てでストップをかけた。

「……待て？　北御門さんが私に命令する権利なんてあるのかしら？　女子更衣室に乱入して乙女《おとめ》の裸を覗《のぞ》いたばかりか、写真まで撮ろうとしている北御門さん？」

言われて初めて、帝は自分がスマートフォンを姫沙に向けていることを思い出した。急いでスマートフォンをポケットに突っ込む。

「これは違う！　俺《おれ》は今日のスケジュールをスマホでチェックしながら、男子更衣室に入ったつもりだったんだ！」

姫沙が帝を睨《にら》みつける。

「便利な言い訳ね。飽くまで間違って女子更衣室に入ったと思わせたいのね」

「間違ってなどいない！　俺は確かに男子更衣室に入ったはずだ！　ここには何度も来ているから絶対に……」

帝は部屋のプレートを確認するため廊下に出ようとする。

「そこから動いたら、叫ぶわ。百デシベルで」

「百デシベルで⁉」

それは大型ジェット機の騒音に匹敵《ひってき》した。

帝の足が固まる。

「……一瞬だけ、確認させてくれ」

「ノー。叫ばれたくなければ、私の言うことを聞きなさい」

「くっ……」

圧倒的に男が劣勢となる状況。

帝は奥歯を噛《か》んだ。

「わけが分からん……。なぜお前は余裕なんだ？　裸を見られてショックじゃないのか？」

姫沙は肩をすくめた。

「その辺はもちろん相手によるわ」

「相手による……？　俺はいいのか？」

帝が尋ねると、姫沙の顔が真っ赤《まか》に染まる。

「は、はあ⁉　どうしてそんな結論になるのかしら⁉　あり得ないわ！　自意識過剰じゃないのかしら⁉　どれだけ自分に自信があるのかしら⁉」

「いや……俺が悪かった」

ちょっと期待してしまった帝だが、すぐに失言を悔やむ。

ここまで全身全霊で否定《ひてい》されたら、凡庸な男子の精神なら崩壊しているところである。

姫沙は誇らしげに人差し指を振る。

「私が余裕なのはね……、すべてを私が仕組んだからよ！　あなたは間違ってなどいない……私はあなたを陥《おとしい》れるため、男子更衣室で着替えをしていたの！」

「痴女じゃねえか！」

「痴女ではないわ！　私は全人類に着替えを見せようとしていたわけではないから。北御門帝、あなただけをハメるため、他の男は更衣室の周りから排除していたのよ！」

「俺だけに裸を見せたかった……だと……？」

「その言い方はやめてくれないかしら⁉」

語気を荒らげる姫沙。

確かに帝がここに来るまでのあいだ、廊下の人通りは妙に少なかった。

どうやってそんな状況を作り出せたのかは不明だが、南条姫沙なら可能だろう。

南条家の本質はフィクサーであり、日本の闇《やみ》社会を陰謀で牛耳《ぎゅうじ》ってきた血筋なのである。

「さあ、分かったら、静かにドアの鍵《かぎ》を閉めなさい。誰《だれ》にも邪魔をされたくないから」

姫沙は居丈高《いたけだか》に命じる。

世界が自らに服従するのが当然と思っているような、女王の貫禄。

「そうすると俺と密室で二人きりになるわけだが……いいのか？」

「え……い、いいって、なにが？」

姫沙は戸惑った。

「俺がお前を押し倒して無理やり黙らせるとか、なんかそういう心配はしないのか？」

「そ、それはそれで……」

「それはそれで……？」

帝は眉《まゆ》を寄せた。

姫沙は慌てて手を振る。

「な、ななんでもないわっ！　なにも言ってない！」

「いや、今なにか言いかけたよな？」

しかも結構大事なことを耳にしたような気がする帝である。

「言ってないわ！　私、北御門さんがそういうことしないって知ってるから。裸を見られても大丈夫ってぐらい信用しているから」

「そ、そうか……、それはすごい信用のされ方だな……」

「そ、そうよ……、ありがたく思いなさい……」

真っ赤な顔で立ち尽くす姫沙と、高熱に苛《さいな》まれる帝。

「だが俺はお前を信用していないので逃げる！」

「だめーっ！」

更衣室から駆け出そうとする帝の腕に、後ろから姫沙が飛びついた。

腕に当たる、少女の感触。涼やかで甘酸っぱい香り。

彼女の吐息までもが間近に感じられ、帝は今度こそ全身を凍りつかせる。

「逃がさないから……話が済むまでここから出さないから……」

「明らかに面倒な話の予感がするんだが……、今日のことはなかったことに……」

「ならないわ！　し、しがみついてるの恥ずかしいんだから、もう諦《あきら》めて！」

本当に恥ずかしそうな声だった。

「諦めなければ、ずっとしがみついているというわけか」

「馬鹿《ばか》なこと考えないで！」

しかしその選択肢もありかもしれないと帝は思ってしまう。下着姿の南条姫沙にしがみつかれるなど、この先の人生で二度と味わえない体験なのだ。

「と、とにかくこっちに来て！　逃げたら本当に叫ぶから」

「あ、ああ……」

帝はドアを離れ、警戒しながら姫沙と共に更衣室の奥へと移動する。

姫沙はぎこちなく腕組みした。

「……さてさて、困ったわね、北御門さん。たとえ男子更衣室であろうと、あなたが女子の着替えを覗いたのは事実……あなたは有罪よ！」

「そうか⁉」

「そうよ。だって写真では、男子更衣室も女子更衣室も見分けがつかないのだから……」

「写真……？」

帝ははっとして辺りを見回す。

その鋭敏な視力が、更衣室の違和感を瞬時に察知した。

全方位に……カメラが仕掛けられている。ロッカーの陰、天井《てんじょう》、床の隙間《すきま》、カーテンの向こう、あらゆる角度から、禍々《まがまが》しいレンズが帝に向けられている。

姫沙は口元に指を添え、忍び笑いを漏《も》らした。

「あなたが着替えを覗いている証拠写真は、南条家のサーバに送信済み……私に万一のことがあれば、全世界に公開されるわ。そうなったら、あなたの輝かしいキャリアはどうなるかしら……？　日本の未来を背負って立つ、北御門帝さん？」

「……ッ！」

帝の噛《し》み締めた唇から血が噴き出した。

北御門家は、明治から続く名家。

多数の首相を輩出し、南条家とは逆に日本の光を担《にな》ってきた一族である。

帝は生まれてから、完璧《かんぺき》に品行方正、誰にも恥じるところのない王道を歩んできた。その帝にとって、これは信じられないほどのスキャンダル。

一門のご先祖様に申し訳が立たない。

今すぐ腹を切れと言われたら切るしかない、そんな一生の不覚だった。

「なにが……目的だ……。金か……？」

帝は拳《こぶし》を固めた。

姫沙は整った鼻先で笑う。

「お金？　そんなもの欲しくないわ。南条家の資産があれば、国だって買えるし」

「だったら、なんだ。俺の命か」

「殺さないわよ！　あなたには、私とのゲームに付き合ってほしいの」

「テレビゲームか、カードゲームか……」

「どちらでもないわ」

「FXはやらんぞ」

「マネーゲームでもないわ……恋愛ゲームよ」

「恋愛ゲーム……?」

馴染《なじ》みのないタイプのゲームだった。

北御門一族に生まれ、幼少期より恋愛禁止の掟《おきて》に従っていた帝。当然のごとく、恋愛要素の大きな漫画も映画も禁止されている。

クラスメイトの男子がスマートフォンなどで恋愛ゲームを遊んでいるのを見かけたことはあるが、詳しくは知らない。

「それも、ただの恋愛ゲームじゃないわ。フィールドは現実、プレイヤーは二人だけ」

「……俺とお前か」

「そう。私とあなたのどちらかが相手を惚《ほ》れ込《こ》ませることができたら、惚れた方は一族を捨て、奴隷として相手のモノになる……そういう、お互いの人生をベットした恋愛ゲームよ」

今にも体が触れそうな距離で、姫沙がささやく。

その顔立ちは日本人離れして彫りが深く、鼻筋はつんと澄ましていた。

叡智《えいち》の輝きが満ちた瞳《ひとみ》は、視線を離すことができないほどの目力に溢《あふ》れている。

口紅を塗っていないのに、その唇は血よりも紅《あか》い。

「北御門家を……潰《つぶ》すつもりか……」

帝が尋ねると、姫沙は肩をすくめた。

「さあ？　ゲームに応じれば、私はあなたのスキャンダルを闇に葬《ほうむ》るわ。ここですべてのキャリアが終わるよりは、良い選択だと思うけど。どうかしら？」

「一秒待て」

帝は頭脳をフル回転させる。

要するに、姫沙が提案しているのは心理戦だ。

ベットされる賭《か》け金は巨大だが、勝てばいいだけのこと。姫沙は手段を選ばず攻撃してくるだろうが、帝は自分が敗北しないと知っている。

いや、名門・北御門の人間にとって、敗北など許されないのだ。一女子高生の策略に屈するようでは、魑魅魍魎《ちみもうりょう》の蠢《うごめ》く政界で生き抜けない。

「……『惚れ込んだ』を判定する基準が要る。相手に好意を表現したら負け、というルールはどうだ」

それなら、帝は絶対に口にしない自信がある。

「妥当ね。お互いの言葉が好意の表現に当てはまるかは、話し合って決めるということで。正義の味方の北御門家が、屁理屈《へりくつ》で誤魔化《ごまか》したりはしないわよね？」

「当然だ。南条家は屁理屈をこねるかもしれないが」

「失礼ね。闇にもルールは必要なのよ？　そうじゃないと秩序が崩壊するわ」

「じゃあ、その条件で……」

「もう一つ」

言いかける帝を姫沙がさえぎる。

「自分から相手を求めた場合も、負けということにしましょう」

「求める……というのは……？」

「決まってるでしょう、そんなこと」

「『今度どこかで会おう』とか誘ったら負け、ということか？」

帝は首を傾げた。

「違うわ。ほ、ほら、あれよ……求めるって言ったら、あれしかないでしょう？」

心なしか焦《あせ》ったような口調。

「悪いが、分からん。ルールをはっきりさせておかないと、ゲームは始められない。追加したい条件はなんだ？」

帝が真剣に尋ねると、姫沙の白い頬《ほお》が染まっていく。

姫沙は手を握り締め、帝を睨み据える。

「だ、だから……、え、えっちなこと、したいとか相手を求めたら負け、というルールよ」

「性交か⁉」

「あなたは大声でなにを言うの⁉」

顔を真っ赤にする姫沙。

「いや……すまん。あんまり驚いたもので……。キスもか」

「当たり前でしょ！　私、キスなんてしたことないし！」

「俺が求めたらファーストキスになってしまうわけか……」

「そうよ！　だから貴重なのよ！」

帝を睨みつけて主張する。

これほど美しい少女、それも南条一族の後継者とあれば、初めての価値は無限だろう。

「触らせてくれ、とかも駄目なのか？」

「内容によるわ。応急手当などで触れるのは可」

契約事項は最初にはっきりさせておくのが基本なので、帝は質問を続ける。

「どういう触り方が駄目なんだ？　どの辺までは触っていいんだ？」

「え、ええっと……、手とか、頭ぐらいなら……」

「手を繋《つな》ぐとか、頭を撫《な》でるとかはOKと？」

「そ、それは、こ、恋人っぽいから……」

姫沙は恥ずかしそうにそっぽを向く。

「確かにアウトだな……」

「き、北御門さんはしてみたいの……？」

上目遣《うわめづか》いで尋ねてくる。

「いや……」

してみたくて仕方ない帝だった。

正直、頭を撫でたら姫沙がどんな顔をするのか見てみたかった。

「あー、ええと、それじゃ、恋人っぽくなければ、どこを触っても大丈夫なのか？」

「その質問はセクハラよね⁉」

姫沙は涙目だった。

「すまない」

帝は体温の上昇を確認した。羞恥《しゅうち》である。

「そして、勝者は敗者に求められたら、その好意に無条件で応《こた》えなければならない……そういうルールでどうかしら？」

「無条件……だと……？」

それはすなわち、負ければ奴隷になる代わり、南条姫沙の美しすぎる肢体に溺《おぼ》れることができるということである。

光を担う北御門の人間として、帝は決して闇の南条一族に負けられないのだが。

色香に惑わされるわけにはいかないのだが。

思わず、喉《のど》がごくりと鳴る。

南条姫沙がささやく。

「どう、北御門さん？　私とこのゲーム、戦ってみない？」

北御門帝は重々しくうなずく。

「……いいだろう。奴隷になるのはお前の方だがな」

「すごい自信ね。一ヶ月後は私にひざまずいて愛を懇願する運命なのに」

「そんな運命は知らんな。俺の足下でひざまずくのは、南条、お前だ」

睨み合う二人。

「後で条件を誤魔化されないよう、誓約書を作っておこう」

「ええ。お互いの血で判を押しましょう……」

帝と姫沙は手近な台で、悪魔の契約書を作り上げる。

メモ帳を破っただけの無造作な紙に、条項を書き付け、名を記《しる》し、拇印《ぼいん》を押す。

二枚を完成させると、折り畳んで学生手帳にしまい込んだ。

「さあ、もう後戻りはできないわよ」

姫沙は妖《あや》しく目を細めた。

「知っているさ。お前も南条一族も、これで終わりだ」

帝は口角をつり上げる。

「ふふふふふ……」

「くくくくく……」

二人のあいだで火花が飛び散り、不敵な笑い声が響く。

南北の覇権、そして互いの未来を賭けた恋愛ゲームが、火蓋《ひぶた》を切った瞬間だった。


帝が廊下を去っていくのを見届け、姫沙は契約書の入った学生手帳を胸に抱き締めた。

「やった！　やったわ！」

思わず、感情を抑えきれずにその場で小躍りしてしまう。

狙《ねら》い通り、帝を恋愛ゲームに引っ張り込むことができた。

そのために、着替えを覗かせるなんて恥ずかしい思いまでしたのだ。

それだけではない。

腕利《うでき》きのエステティシャンを呼んでの、徹底的なお肌のケア。

帝が好きになってくれそうな、最高に可愛《かわい》い下着のオーダーメイド。

有象無象《うぞうむぞう》の男子を排除する、廊下に仕掛けた人払いのトラップ。

その他諸々の計画を含めたら、実行まで二ヶ月はかかっている。

いや、帝の通う蒼世《そうせい》学園への転校を決めたときから数えれば、さらに長い。

けれど、やっと……スタート地点に立てた。

あとは帝を全力で自分に惚れ込ませるだけ。身も心も奴隷にするだけ。

そうしたら、夢みたいな日々が待っている。

「ぜったい……ぜったい……あなたを手に入れるから……!!」

スマートフォンに映った帝の写真を見つめ、姫沙はささやいた。

「……良い朝だ」

帝《みかど》はベッドで目を開いた。

北御門《きたみかど》一族の朝は、午前五時ジャストに始まる。

そこには一秒の誤差もない。

物心ついてから高校二年の今日に至るまで、北御門帝は決して目覚まし時計を使ったことがなかった。

言うなれば、帝こそが目覚まし。

高校二年生の、目覚まし時計なのである。

今日も覚醒《かくせい》と同時に起き上がり、素早く身だしなみを整える。

帝の寝室には、勉強部屋、バスルーム、手洗い場、トイレなどが一セット並び、廊下とは完全に遮断されている。

そのすべてが帝の専用。

弱みを他者《たしゃ》に見せない北御門家では、たとえ使用人にだろうと寝顔を見られるのは言語道断。

日記やポエムなどの機密文書があるプライベート空間は、親さえ立ち入り禁止だ。

日本で五指に入る資産家の後継者でありながらも、帝は自ら着替え、顔を洗い、髪をとかし、とっくりと鏡を観察すると。

「よし。完璧《かんぺき》だ」

身だしなみに満足した。

決して失敗を許さない、厳しい目鼻立ち。

強い意志を示して結ばれた唇。

不摂生を拒絶し、引き締まった長身。

装飾や退廃を望まない黒髪。

どこに出ても恥ずかしくない、北御門家の男児である。

帝は部屋の出口で、扉に手の平を押し当てた。

「出る」

『指紋認証、声紋認証、虹彩《こうさい》認証、オールクリア。北御門帝様、おはようございます。ゲートを開放いたします』

電子音声と共に扉が開く。

帝は廊下に歩み出た。

百年以上の歴史を誇る、北御門本家の屋敷。その廊下は、時代と古木の薫《かお》りに満ちている。

大きな窓から爽《さわ》やかな朝陽が降《ふ》り注《そそ》ぎ、帝の意識をさらに覚醒させる。

無数の部屋が並ぶ屋敷のあちこちでは、既に召使いたちが朝の仕事を始めていた。帝の姿を見かけると、作業の手を止めて深々と礼をしてくる。

帝は召使いたちに会釈《えしゃく》しながら廊下を歩き、広々とした食堂に入った。

大きなテーブルには、既に両親がついている。

「おはよう、帝」

いかめしい顔つきで鎮座する男は、北御門家の当主。

家の外では、与党の幹事長を務めている。彼に悪と断罪されれば、二度と政界で這《は》い上がれない。そう言われるほどの絶大な権力者だ。

「よく眠れましたか、帝さん」

当主の向かいで微笑む女は、北御門家の奥方。現首相の実姉だ。水も漏《も》らさぬ正論で政敵を追い詰め、多くの首相を退陣に追いやった政治家でもある。

「おはよう、父さん、母さん」

ある種の怪物両親《モンスターペアレンツ》を前に、帝は席についた。

召使いたちがテーブルの料理から蓋《ふた》を取りのけ、朝食の準備が整う。

並んでいるのは、野菜や玄米、海草類、魚を用いた、伝統的な和食の数々。過ぎた美食を戒《いまし》める北御門家だが、素材は最高級のものを取り寄せている。

「では、復唱を」

当主が言い渡すと、奥方と帝がうなずく。

「品行方正、尻尾《しっぽ》は摑《つか》んでも摑ませるな」

「品行方正、尻尾は摑んでも摑ませるな」

「品行方正、尻尾は摑んでも摑ませるな」

厳粛な空気の中、北御門家の家訓が繰り返される。

これこそが、北御門家の最大にして絶対の掟《おきて》だった。

お経のような唱和を済ませ、朝食の時間が始まる。

当主は玄米を五十回きっちり嚙《か》み締《し》め、緑茶をすすると、帝に尋ねた。

「どうだ、帝。学校の方は万事上手《うま》く行っているか?」

帝は小さく笑う。

「もちろん完璧だ。どの教科の成績もトップクラス、教師たちとの関係も良好、卒業後の政治に必要な人脈も着実に築いている」

「それはなによりだ。人心掌握こそが政治の要《かなめ》だからな。しかし、女との関係をあまり深めてはならんぞ。色恋は最大の弱点になる。北御門の人間は古来、恋愛禁止だ」

当主の言葉に、奥方が言い添える。

「帝さんには許嫁《いいなずけ》がいるのですからね。あなたが日本を治める上で最高の支え手となる人材を選りすぐっているのです。一時の熱病に惑わされる必要はありません」

当主は眉《まゆ》を寄せる。

「そういうことだ。色恋はスキャンダルの元、害悪の種。日本の光は誰《だれ》にも尻尾を摑まれるわけにはいかん。スキャンダルになるようなことは、決してないだろうな？」

「……当然だ！」

帝は生まれて初めて嘘《うそ》をついた。

その良心の呵責《かしゃく》は、常人の数百倍。極度のストレスによって胃の内膜が損傷し、口から血が噴き出す。帝はすかさず湯飲みで血をキャッチし、両親の視界から隠した。

「特に、南条《なんじょう》家に弱みを握られることだけは、絶対にあってはならんぞ」

当主が言い含め、奥方が顔をしかめる。

「そうそう、南条の娘と来たら、ずいぶんと美しく育っているようではありませんか。気を抜いて誘惑されてはなりませんよ、帝さん」

「はは……誘惑などされるわけが……」

帝は頰《ほお》を引きつらせた。先日見たばかりの下着姿が脳裏《のうり》にくっきりと残っていた。

当主が硬い口調で諭す。

「古くから、北御門家は世の光として日本を導き、南条家は謀略の限りを尽くして闇《やみ》を操《あやつ》ってきた。両家のあいだで流された血は数知れない。かの関ヶ原の戦いも、事実上、北御門派と南条派の勢力争いだった。もし北御門が敗北するようなことがあれば、そのときは……」

「……日本が闇に包まれる。よく分かっているよ、父さん」

北御門帝は南条姫沙に負けることが許されない。

帝が恋愛ゲームで姫沙に勝てば、長く続いた南北戦争に終止符が打たれる。南条家は北御門家の軍門に降り、日本は未来永劫《みらいえいごう》、栄光に満ちあふれるだろう。

奥方が鼻に皺《しわ》を寄せる。

「なぜ南条の娘が帝さんの高校に入ってきたかは分かりませんが……、邪悪な目的あってのことでしょう。私としては、同じ学校に通わせておきたくないのですが……」

「そう言うな。帝にとっても、将来の敵を今のうちに知っておくのは役に立つ。まだ南条の娘も未熟だろうし、悪の権化に育つ前なら安全……予防注射のようなものだ」

当主は豪快に笑った。

その予防注射は強烈すぎたぞ、と帝は内心でつぶやく。

昨日なんて、危うく予防注射だけで即死しそうになったのだ。まさか姫沙が体を張ってまで帝を潰《つぶ》そうとしてくるとは予想もしていなかった。

——まあ、昨日は不意を突かれただけだ。今は警戒しているから違う。

北御門家の使命、そして南条家との確執については、誰よりも承知している。

帝は凛と背を張り伸ばすと、両親を真《ま》っ直《す》ぐに見据えた。

「心配は無用だ。俺《おれ》に限って、敗北もスキャンダルもあり得ない。絶対に」

「ふふ、それでこそ北御門の後継者ですよ、帝さん」

「はっはっはっ、頼もしい正義の童貞だ」

両親は頬を緩《ゆる》め、信頼の眼差《まなざ》しを息子に注ぐ。

二人の期待を裏切らないためにも、必ずや姫沙に勝たねばならない。

そう決意を新たにする帝だった。


蒼世《そうせい》学園の二年A組の教室で、帝は迎撃態勢に入った。

敵——南条姫沙《きさ》が、登校したばかりの帝に接近してくる。

彼女はいつものごとく朝から完璧に髪型を整え、制服には皺の一つもない。朝陽に輝く美しい顔立ちに、可憐《かれん》な立ち姿。しかしその瞳《ひとみ》は、捕食獣のように帝を睨《にら》んでいる。

クラスメイトは誰も彼女の不穏なオーラに気づかず、普通に挨拶《あいさつ》を交わしているが……。

節穴である。

南条姫沙の全身に、帝は暗殺者の気迫しか感じない。パーフェクトな服装も容姿も、そういう武装にしか思えない。

姫沙が帝の机の前に立ち、にっこりと笑う。

「おはよう、北御門さん」

帝は椅子《いす》に座ったまま、沈黙でもって姫沙を見据える。これからどんな攻撃を仕掛けてくるのか、あらゆる神経と筋肉を張り詰めさせて身構えていた。

「北御門さんってば。そんなに怖がらなくていいじゃない」

「警戒しているだけだ」

「警戒しなくてもいいのよ？　同じクラスの仲間なんだし」

「お前を仲間だと思ったことは一度もない」

クラスメイトである以前に、南条家と北御門家は宿敵だ。

姫沙の細い眉がぴくっと動いた。

「酷いことを言うわね。昨日は私のあんなとこ見ちゃったのに」

「……教室でその話はやめろ」

「誰にも聞こえないわ。それで、昨日の感想は？　また見たい？」

「見たくなどない！」

正直、また見たくて仕方ない帝である。

敗北は許されないが、恋愛ゲームに勝てば堂々と姫沙の裸を見ることができる……なんて考えてしまっている帝である。

「更衣室に入ってきたときも、しばらく私に見惚《みと》れていたじゃない」

「見惚れていない！　あんなもの見せられて、迷惑でしかなかった！」

「め、めいわ……」

姫沙が言葉に詰まった。その唇がぎゅっと噛み締められる。

「あ、いや……」

今のは少し言い過ぎだったかと、帝は後悔する。

姫沙が帝を睨んだ。

「あれを見た男は、北御門さんが初めてなのよ⁉　ちょっとは感謝の言葉くらい、かけてくれてもいいと思うけれど！　土下座して『ありがとうございます、俺は姫沙様の奴隷になります、大好きです』と言うべきよ！」

「どさくさに紛《まぎ》れてなんの提案をしている！　それは俺が一瞬で負ける奴だろう！」

「だったら、『ありがとうございます、あのお姿を目に焼きつけて、頑張って戦ってきます』と言うべきよ！」

「二度と戦場から帰ってこなさそうだな！」

涙目でまくし立てる姫沙に、どう謝罪したらよいのか困る帝。

下手なことを言ってしまえば好意の表現と判断されそうで、気を抜けない。

たとえば、『迷惑なんかじゃないし、むしろ眼福だった』などと素直に言えば、それは好意の表現ではないのか。

――いやいや！　別にそんなことは思ってないがな！　めちゃくちゃ可愛《かわい》かったとか、危うく理性を失いそうなレベルだったとか、別に思っていない！

意識したら危険。

本音をあるがままに受け入れたら、きっと姫沙には抗《あらが》えない。

帝は自分に言い聞かせる。

そこへ、クラスメイトの少女が駆け寄ってきた。

「姫沙ちゃんの貴重な泣き顔ゲットーっ！　いい表情いただきですっ！」

少女の構えたカメラから、フラッシュの光が瞬く。

瞬時に帝は教科書で自分の顔を隠し、写真に自分が写り込むのを防いだ。

北御門家奥義の一つ――阿修羅千枚隠《あしゅらせんまいかくし》。

いかなるパパラッチに密談の現場を押さえられようと、決して証拠を掴ませず、顔だけは完璧に隠す。

これが当主レベルになると、自分だけではなく現場のあらゆる権力者の顔を手近の盆や座布団で隠し、密談の存在すらもなかったことにしてしまう。

クラスメイトの少女――瓦屋木影《かわらやこかげ》は頬を膨《ふく》らませた。

「もー！　帝くん、なんで顔を隠すんですか！　帝くんが姫沙ちゃんを泣かしてる決定的シーンが撮れるとこだったのにー！」

「俺の写真は許可制だ。撮るなら南条だけにしろ」

「私の写真も許可制よ。撮るなら一族根絶やしにされる覚悟をしなさい」

「ひぃぃぃぃ⁉」

南北二人から睨まれ、瓦屋木影は震え上がる。

しかし、彼女が危険な存在だということを帝は知っている。

瓦屋一族は、歴史の裏で暗躍してきた情報屋の血筋だ。

闇を謀略で支配する南条一族とは異なり、瓦屋一族の武器は情報。権力者の急所ともいうべきネタを摑むのを得意とする。

だが、その本質は……混沌《こんとん》の召喚者。

せっかく手に入れた密書をうっかり紛失してしまったり、情報屋として忍び込んだ先でうっかり兵器庫を爆発《ばくはつ》させてしまったりと、うっかり破壊的な混沌を巻き起こして時代の転換点に影響を与えてきた。

織田信長《おだのぶなが》が無勢《ぶぜい》で本能寺にいるとの情報を明智光秀《あけちみつひで》にうっかり漏らし、信長の死の引き金を引いたのは瓦屋一族。明智光秀の居場所を豊臣《とよとみ》にうっかり漏らし、三日天下に終わらせたのも瓦屋一族である。

緻密《ちみつ》な計算で趨勢《すうせい》を争う北御門と南条にとって、これほど扱いづらい相手はいない。そして木影は、瓦屋きっての混沌の召喚者……率直《そっちょく》に表現するなら最凶のアホと目されている。

――尻尾を摑まれるわけにはいかない……。

帝は警戒心を込めて木影を見据えた。

木影のくりくりとした瞳の中に宿る、抜け目のない光。

色素の薄い癖《くせ》っ毛は無秩序に跳ね回り、愛敬に溢《あふ》れた顔立ちを囲んでいる。

華奢《きゃしゃ》な体が驚くほど敏捷《びんしょう》に姫沙から飛び退き、大切なカメラを守る。

はち切れんばかりの胸が、激しく揺れて周囲の視線を奪う。

「それで、どうして姫沙ちゃんは帝くんに泣かされてたんですか?『更衣室』なんて気になる単語が聞こえた気がしたんですけどっ!」

木影はカメラのマイクロSDカードをしまい込み、ぐいぐいと帝の方に押し迫ってきた。

――やっぱりこいつは油断ならない!

他の生徒たちは気づいていない秘密の匂《にお》いに勘付き、すかさず突撃までしてきている。可愛らしい外見とは反対に、決して隙《すき》を見せられない相手だ。

もし昨日の事件を木影に押さえられたら、いや、恋愛ゲームについて嗅《か》ぎつけられたら、帝は破滅だ。うっかり木影が情報を漏らして夕方のニュースで爆発なんてこともあり得る。

それは否《いな》。

尻尾は摑んでも摑まれるなを家訓とする北御門家にとって、許されない大失態。

「瓦屋……お前はなにも聞いていない。聞かなかったんだ。いいな?」

帝は木影の肩を鷲摑《わしづか》みにしてささやいた。

「聞きましたよ！　二人で密談してましたよ、教室の真ん中で！」

「いやそんなアホなことはしていない……さすがにアホすぎる……成績トップクラスの俺と南条が、そこまで適当なわけがないだろう」

「誤魔化《ごまか》そうとするということは、あれですよね？　事件ですよね⁉　帝くんと姫沙ちゃんが更衣室で……そういうことですよね⁉」

木影は目をきらきらと輝かせた。

――くそ、鋭い！　このままでは恋愛ゲームどころか俺の人生がゲームオーバーに！

焦《あせ》って打開策を考える帝。

「まさか……こんなに早く私の手を汚さないといけなくなるなんて……」

姫沙は物騒なことをつぶやいている。

木影が胸を張って言い放つ。

「ふふーん、推理が完成しましたよ！　つまり、更衣室で二人が埋蔵金を発見して、その分け前について言い争っていたんですね⁉　どうしても帝くんが三割ほしいと言うから、九割は自分のものだと姫沙ちゃんが号泣を……！」

「それは俺が泣くべきだろ！」

「いいえ、そういう状況になったら私が泣くわ。十割は確保しておきたいから」

「強欲の悪魔か！」

南条家の恐ろしさを再認識する帝。

「どうですか、わたしの推理は⁉」

どこから出したのか、木影は帝と姫沙に細いマイクを突きつける。

「ええ、完璧よ。さすが瓦屋さん……見抜かれちゃったわ」

姫沙は頭を振って嘆いた。

「南条……？」

眉をひそめる帝に、姫沙が目配せして黙らせる。

「でも、埋蔵金というより、ただの忘れ物だったの。残念ながら北御門さんが職員室に届けてしまったから、私の懐《ふところ》には一銭も入ってないわ」

「そうだったんですか」

「そうだったのよ」

「おかしいなぁ……。日本の未来を変えるような、とんでもないネタの匂いがしたんだけどなぁ……。はぁ……」

木影はため息をつきながら自分の席に戻っていった。

――その通りだよ、瓦屋！

ぎりぎりで自爆してくれたお陰で命拾いしたが、さすがの嗅覚《きゅうかく》。一見平凡に見えるこの教室では今、光と闇の闘いが始まろうとしているのだ。

姫沙は木影が椅子に座るのを見届け、帝にささやく。

「感謝してね。私たちのゲームを、こんなところで終わらせるのは退屈でしょう?」

「俺は退屈な学校生活で構わないんだがな……」

帝は肩をすくめてつぶやいた。


ホームルームの時間。

教壇に立った担任教師が、おもむろに切り出す。

「じゃあ、学期始めだから委員を決めるぞ。みんな、やりたいことは決まってるか?」

やにわに教室がざわついた。

蒼世学園の委員会活動は、各クラスから男女のペアを何組か選んで行われる。

放送委員、風紀委員、図書委員、清掃委員など、様々な委員会があるが、誰とペアになるかによって一学期の幸福度が決まる。

クラスメイトが色めき立つのも仕方ない。要するに、青春がかかっているのだ。

隣の席から、姫沙が帝に微笑みかける。

「北御門さん、一緒の委員になれるといいわね」

「⁉」

突然の宣戦布告に、帝は身をこわばらせた。

この言葉は恐らく、こういうことである。

『北御門さん、一緒の委員になれると（ゲームが私の有利に進んで）いいわね』

ということである。

委員会は男女が協力して作業をしなければいけないため、二人きりの時間が増える。そうなれば、姫沙が攻撃を仕掛けやすくなるのは必然。

もちろん、帝にとっても攻撃のチャンスだが、姫沙が自分から同じ委員を希望してきた以上、そこには秘策があるに違いない。

――敵のフィールドにあえて踏み込むのは愚策だ……ここは回避する！

決して姫沙と同じ委員を選んではならないと、帝は判断した。

人気があるのは、圧倒的に放送委員。逆に人気がないのは清掃委員と図書委員だ。

清掃委員は枠が大きいので二人きりのリスクを減らせるが、その代わり姫沙と同じ委員になってしまう可能性が上がる。

図書委員は男女一名ずつの枠なので必ず二人きりになってしまうが、姫沙を排除することさえできれば、仕事中は恋愛ゲームから保護される。

――図書委員で決まりだな。

帝はそう計算し、姫沙に笑みを返した。

一緒の委員になれるといいわね、と声をかけられてから計算を終えるまで、実にコンマ一秒。北御門家の後継者として、南条家の陰謀に負けるわけにはいかない。

「北御門さんはなんの委員になるつもりなのかしら？」

「ははは……そうだな、どの委員も大変魅力的だが、できれば北御門家にふさわしく華のある放送委員などがいいな」

「なるほど……じゃあ、私も放送委員で。二人で花形のアナウンサーになりましょうね」

「ああ、是非二人で頑張ろう」

「ふふふ……」

「はははは……」

虚偽で塗り固めた笑い声が、二人のあいだで響く。

担任教師がそれぞれの委員会の希望者に挙手させ、黒板に名前を書いていく。

姫沙は動向を探るようにして、じーっと帝の方を凝視している。

そして、時は来た。

「次。図書委員になりたい奴《やつ》は手を挙げろー」

「はい」

よく通る声で帝が返事をしつつ、真っ直ぐに手を伸ばすと。

「はあああああいっ！　はいはいはいはあああああいっ！」

何十人もの女子生徒が、一斉に手を挙げた。

「何事だ⁉」

帝は驚愕《きょうがく》する。

図書委員という仕事は、地味で無闇《むやみ》に力が要って、人気がない選択肢だったはずだ。

実際、挙手している男子は帝だけ。なのに、なぜ女子は図書委員を選んだのか。

恋愛禁止の掟の下に育てられた帝は、女の気持ちが一切《いっさい》理解できない。その弱点は自覚しているが、ここまで予想外の現象が起きるとは信じられなかった。

帝は恐ろしいものを見る目で、姫沙を見やる。

「これは……お前の策略《さくりゃく》か……？」

「そ、そそそそうよ……」

姫沙は自らも手を挙げながら、引きつった顔でうなずく。

帝は震えた。

「目的が分からん……俺をハメるつもりなら、わざわざ立候補者を増やす意味なんてないはずだ……お前、なにを考えている……？」

「私に聞かないで！」

あーもーっ、とつぶやきながら、姫沙は机の下で地団駄《じだんだ》を踏んでいる。

担任がため息をついた。

「まったく、集中しすぎだぞ。気持ちは分からんでもないが……」

教師の言葉に、クラスの女子生徒たちが居心地悪そうにもじもじする。

──凡俗の担任が理解している心理を、俺は理解できていない⁉

帝は衝撃を受けた。

思わず立ち上がり、クラスメイトたちに視線を走らせる。

「なぜだ！　なぜ、お前たちは図書委員なんかになりたいんだ！　説明してくれ！」

必死の訴えだった。

すると、女子たちは帝の視線を避けるようにしてうつむく。

「なんでって、ほら……ねえ？」『ちょっと北御門くんには説明しづらいというか……』『分からないでほしいというか……』『分からないのがまた可愛いんだけど……』

余計に混乱する帝。

──可愛い⁉　つまりこの俺は、やがて日本を背負って立つべき俺は、クラスメイトからマスコット扱いされているということか⁉　北御門帝、一生の不覚！

あまりにもショックが大きかったせいで、姫沙の動きに対する警戒が薄れる。

そのとき、姫沙が教室を見回しながら言い放った。

「そんなに北御門家のお嫁さんになりたいなんて、みんな可愛いわね。どれだけ北御門家の財産がほしいのかしら？」

「ち、違うから！」『そういうのじゃないから！』『財産とかじゃなくてっ！」

ざわめく女子生徒たち。

「でも、そう思われても仕方がないわよね。北御門さんと仲良くなれば……いずれは日本のトップに君臨できるかもしれないんだから」

南条姫沙はにっこりと笑った。

だがその笑顔に善意は少しもない。闇のオーラが全身から噴き出し、巨大なプレッシャーとなって教室にのしかかっている。

手を下ろさないと、地獄に堕とすわよ？

そんなメッセージが、否が応でも伝わってくる。

女子生徒たちが、一人、また一人と、手を下ろしていった。

そして、挙手している女子は姫沙が残るだけとなる。

帝は目を見開いた。

「なんて奴だ……。あれだけ言っておきながら、お前は手を下ろさないのか……？」

「だって私の家は、北御門家の財産なんてなくても充分お金持ちだし。誤解される危険なんてないでしょう？」

姫沙は丸めた手を口元に添えて微笑した。

「「ずるい‼」」

はめられた女子全員が唱和する。

担任教師は困ったように頭を掻《か》いた。

「じゃ、じゃー、図書委員は北御門と南条でー。お前ら、喧嘩《けんか》せず仲良くやれよー」

「はい、もちろんです」

姫沙はうなずき、帝の方に目をやる。

「仲良くしてね、北御門さん（そして私のフィールドへようこそ）」

「聞こえないはずの心の声が聞こえる⁉」

弱冠十七歳にして幻聴に苦しめられ、帝は医療機関の受診を検討《けんとう》した。

南条家の邸宅の一室――通称・謁見の間。

政治家や犯罪組織の首領、名うての詐欺師など、様々な闇の住人が当主にお目通りするその部屋には、常に盗聴防止のジャミングがかかっている。

そして来訪者の心拍音のパターンや言葉、表情、虹彩、指紋等はきっちり記録しているというアンフェアっぷりだ。

それでも闇の住人たちが大金を払ってこの部屋を訪れようとするのは、偏に当主の知恵を拝借したいから。

今日も当主の南条才《さい》は、牛革張りの重厚な椅子に鎮座して、九十九歳の老婆とは思えぬ眼光を放っていた。

向かいの椅子に座っているのは、次期後継者と見込んでいる孫の姫沙だ。

「で？　恋愛ゲームとやらの首尾はどうだい？」

才が眉を上げて問いかけた。

「北御門さんから惚《ほ》れられている感じはしません。むしろ恐れられている気がします」

「お前は愛敬が足りないからだよ。色気も足りない。もっと北御門の小僧に媚《こ》びないか」

「まだ始まったばかりですから。今後の活躍にご期待ください」

姫沙はくすりと笑った。

「全力でおやり。北御門の小僧を籠絡できなかったら、家はお前の妹に継がせるからね」

才の言葉を聞いて、妹の美月《みづき》が歓声を上げる。

「えっ、マジマジ⁉　だったらアタシ、家の力で日本中にマックとジヨイフル造らせるー！

日本中の人がいつでもいっぱい駄弁《だべ》れるようにするんだー！」

などと宣言する美月は、絨緞《じゅうたん》に寝転がってスマートフォンでゲームに熱中している。中学二年生にして、毎月百万近くガチャを回している重課金兵だ。

「このアホに家を継がせるんですか……」

「そのアホに家を継がせるしかないんだよ、お前が失敗したらね！」

姫沙も才も言いたい放題だった。

「南条家が滅ぶと思います」

「お前が北御門の小僧に勝てばいいだけさ。お前の頭なら、できないことはないだろう」

無理と答えたら命はない、と思わせるような視線。

そんな威圧を受けながらも、姫沙は平静を装う。

「……とりあえず、生物学と心理学の論文を読み込んで、攻略の計画を練っています」

「それじゃあ足りないね。これを使いな」

才が呼び鈴を鳴らすと、入り口の扉から黒服たちが現れた。床にスーツケースを並べ、蓋を開いていく。

中に入っていたのは、何百冊もの本。

「これは……？」

「『花とうめ』のマンガ、十年分さ。これを読んで少しは色恋の勉強をしな」

「少女漫画で勉強になるんでしょうか……」

姫沙の疑問に、当主の老婆は重々しくうなずいた。

「ああ、なるとも。恋愛のことは少女漫画を読めばすべて理解できる」

「そうなんですか……少女漫画って恐ろしいものなんですね……」

人類の叡智《えいち》が詰まった書物をスーツケースから取り、姫沙はつぶやいた。くだらない一般大衆の娯楽だと侮っていたが、その認識は間違っていたのだ。

当主はにやりと笑う。

「なあに、心配しないでも、お前がよほど失敗しない限り、南条の小僧はお前に惚れるよ」

「そうでしょうか」

「ああ。人間の恋愛とは結局、遺伝子に支配された行為……遺伝子の差が激しい者同士ほど、惹《ひ》かれ合うと言われている。そして、北御門と南条は太古の時代から、一度も交わったことがない。遺伝子の差異はどこまでも大きい。この意味が分かるかい？」

「……遺伝子レベルで北御門は南条を求めていると？」

そんな理論、姫沙は好きになれなかった。それでは人間が動物と変わらないではないか。人間はもっと、奥深い感情と頭脳で動く生き物だ。

けれど、当主は飽くまでドライな説にこだわる。

「その通り。逆に言うと、お前も必ず北御門に惹かれてしまうということでもあるがねえ」

「……………っ」

姫沙は体を凍りつかせた。

遺伝子のせいだなんて、考えたくはないけれど。

帝から目を離せない、彼のすべてを手に入れたい、どうしようもなく抗いようもないほどに。

だが、そんな気持ちを南条家の当主に悟られるわけにはいかない。

「……あり得ません。私は今まで、どんな男にも惚れたことがないのですから」

姫沙は硬い口調で告げた。

「そうかい？　でも、北御門の小僧のことはちょっといいと思ってるんじゃないか？」

ちょっとどころじゃありません！

と姫沙は答えたかったが。

「ま、まさか。ああいう男は、一番嫌いなタイプです」

「……本当かねえ？　非の打ち所のない男じゃないか、あれは」

そうなんです、完璧に素敵な男性なんです！

と姫沙は答えたかったが。

「そこが鼻につくのです！　そ、そばにいるだけで、気分が悪くなります！」

必死に無表情をこしらえ、言葉をこしらえ、虚偽の仮面を分厚く塗りたくって通した。

「ふうん……？」

才は舐《な》め回すように姫沙を観察する。

——う、疑われてる……？

姫沙は息を詰めて才を見つめ返す。

落ちくぼんだ眼孔の奥から覗《のぞ》き込んでくる才の眼は、とても恐ろしかった。まるですべてを見通すような迫力。指先一本で人を殺すことのできる権力。

姫沙は喉《のど》から言葉を絞り出す。

「北御門の後継者と同い年で男と女……私の代は、北御門家を乗っ取る絶好の機会です。今こそ、南北の永い争いに決着をつけるときなのです」

「必ず勝たないと許さないよ。もし、北御門の小僧に落とされるようなことがあったら……」

南条家当主の才が低い声で脅す。

「はい。どんな手段を使っても北御門帝を陥落させてみせます」

姫沙は少女漫画を胸に抱き締めて言い放った。

図書委員の作業、当日。

その日は帝と姫沙の二人で本の整理をやることになっていた。

帝は緊張を覚えながら、図書室の前の廊下に立つ。

隣には、姫沙が顎《あご》をそびやかして並んでいる。相変わらずの愛くるしい姿だが、その肩からは闘志が吹き上がっている。少し油断したらすぐ魂を取られそうだ。

「やっと一緒にお仕事できるわ。楽しみね、北御門さん」

「あ、ああ……」

姫沙に微笑みを送られ、帝はぎこちなくうなずいた。

本来、女子との共同作業は多かれ少なかれ心浮き立つものだ。相手が姫沙のように美しい少女なら、なおさら。けれど今の帝は姫沙を脅威としか思えない。

「いつになったら中に入るのかしら？　もう十分くらいここに立っているけど……」

「……ちょっと待ってくれ」

今日の作業のため、根回しは済ませておいた。二人きりの作業という危険な状況に陥《おちい》らないよう、隣のクラスの図書委員に手伝ってもらう約束を取り付けておいたのだ。

――なにを考えているか知らないが、南条の思い通りにはさせん……！

帝はポケットの中のスマートフォンを握り締めた。

すると、姫沙が図書室の扉を見つめたままつぶやく。

「……隣のクラスの人なら、来られないわよ」

「……なんのことだ？」

「隣のクラスの図書委員なら、今日は都合が悪くなるから来られない、ということよ」

「都合が悪くなる……？」

奇妙な言葉に帝が眉を寄せたとき、スマートフォンが振動を始めた。

ポケットから出して画面を見る。表示されているのは、帝が共同作業を頼んだ委員の名前。

「もしもし、どうした？」

帝が急いで通話ボタンを押すと、スピーカーから弱々しい声が聞こえた。

『すまん……北御門……。図書室には行けそうにない……オレはもうダメだ……』

「本当にどうした⁉」

『いきなり教室に黒服の連中が突っ込んできて、オレを無理やり車に押し込みやがったんだ……すっげぇ高そうな車でさ……はは、オレ、これからどこへ連れてかれるんだろうな……』

「拉致《らち》⁉」

帝は心臓を凍りつかせて姫沙を見た。

姫沙はにこっと楽しげな笑みを浮かべる。

——こいつは、悪魔か！　二人きりの作業のためだけに、生徒を誘拐するなんて！

帝は口元を手で覆《おお》って声を潜める。

「落ち着け。俺が必ず助けてやる。今、どこだ？　もう校門は出たのか？」

『あ、いや、助けとかはいいから。むしろ来ないで』

「……は？　脅されてるのか？」

『そうじゃなくて、黒服さんたちが……すげぇ美女ばっかりなんだ！　オレが逃げないよう左右から腕をねじ上げてきて、でかい胸が押しつけられて……ああもう、分かるだろ⁉　分かってくれるだろ⁉』

「分からん！」

『とにかくオレはもうダメだ！　これは裏切りではない！　オレは男の本能に従うのみである！　すまんな北御門！』

通話は終わった。

「裏切り者があっ！」

「しっかりして、北御門さん。自分のスマホを怒鳴りつけるような人が隣にいたら、私が怯《おび》えちゃうわ」

などと言いつつ、姫沙は目をきらきらと輝かせている。してやったりとの喜びが全身から放たれている。

——恐るべし南条一族！　こっちの思惑まで読んでいたのか！

帝は奥歯を噛み締めた。

「さあ、北御門さん！　無駄な抵抗はやめて図書室に入りましょう！　そして私の手中に堕《お》ちなさい！　さあさあ！」

姫沙は帝を引っ張って図書室に引きずり込もうとする。

と、姫沙のスカートの中から、金属音と共になんらかのメカが床に落ちた。

「…………」

「…………」

沈黙する二人。

そのメカは、どう見てもスタンガンだった。体に押し当てることによって強い電気ショックを喰《く》らわせ、相手を行動不能にするためのアレだった。

「南条……図書室は武器の持ち込み禁止だ」

「そんな校則ないわよね！」

「校内への武器の持ち込みは想定されてないからな！」

「校則に書いてないならなにをしてもいいのよ！」

「ダメに決まってんだろ！　一般常識だ！」

「武器がダメなら校門に金属探知機を置くべきよ！」

「ここは日本だ！　他にも持っていたら出せ」

帝は姫沙に手を突き出した。

「ほ、他に持っているわけがないでしょう！　スタンガンは一台だけよ！」

「今スタンガンはって言ったな⁉　スタンガン以外には持ってるんだな⁉」

姫沙は目をそらす。

開いた窓縁に腕を載せ、美しい景色を眺めながら、ささやく。

「……黙秘権を行使するわ」

「そんな権利あるか！　素直に出せ！　さもなくば警察を呼んで今日の作業は中止にする」

「警察の一人や二人、すぐに南条の力で潰してあげるわ！」

「じゃあ警察を呼ばずに作業を中止にする！　身の危険を感じるから俺は帰る！」

帝と姫沙は廊下の真ん中で火花を散らした。

正面から攻撃されるのなら、帝は相手が暴漢でも負けない心得はある。しかし、背後からクラスメイトに襲われたら抵抗のしようがない。

姫沙は大きな瞳を瞬かせた。

「私……思うの。どんな理由でも仕事を放り出す人間は最低だって。委員会の仕事は命がけでやり通さなくちゃいけないって」

「クラスメイトに電気ショックを浴びせようとしている人間の方が最低だ。早く出せ」

帝は冷徹に言い渡した。

姫沙は頬を膨らませる。

「だったらボディチェックでもなんでもすればいいじゃない！　その勇気があればだけど。恋愛経験ゼロで女の子に免疫がない、北御門帝さん？」

「ああ、分かった。それならチェックさせてもらう」

売り言葉に買い言葉。

帝が近寄っていくと、姫沙はぎょっとする。

「え、ちょ、ちょっと、本気……？」

「お前が言ったんだからな。嫌とは言わせない」

「ま、待って、心の準備がっ……」

「じっとしてろ」

帝は姫沙のスカートのポケットに手を滑り込ませた。

布のなめらかな感触。丸みを帯びた太ももの形を、手の平に感じる。冷たい布と布の隙間《すきま》をすり抜けるようにして、ポケットの奥へと潜り込んでいく。

「んっ……」

姫沙が身をよじった。

「へ、変な声を出すな」

「北御門さんの触り方がいやらしいからでしょ！」

「いやらしくはない！」

「いやらしいわ！　絶対エッチなこと考えてるでしょ！」

「考えてはいない！」

大嘘だった。

平静を装うのが死に物狂いなレベルで、帝は体温の上昇を感じていた。

「ぶ、武器を持ってるとか言いがかりをつけて女の子に触るなんて、とんだケダモノね！」

姫沙は真っ赤《まか》な顔で抗議する。

「いや……言いがかりではないよな？」

帝は姫沙のスカートのポケットから、注射器と接着剤を取り出した。図書委員の作業に使う道具ではない。

姫沙はしらばっくれた。

「なにが悪いのかしら。注射器は武器じゃないわよね。ジャンキーなら誰でも持ち歩いているわよね！」

「それも犯罪だ！　お前はジャンキーなのか⁉」

「まさか。ボディチェックはこれでおしまいかしら？」

「まだだ……」

帝は姫沙の髪の中に指を差し入れた。ヘアピンとは違う光り物が覗いた気がしたのだ。中をまさぐってみると、明らかに固い物体が隠れているのが分かる。

「あ、あんまり、髪さわさわしないで……」

姫沙は羞恥《しゅうち》に震えながら堪《た》えていた。

そんな彼女の姿を見ていると、帝まで鼓動が速まってしまう。

平常心だと自分に言い聞かせつつ、髪のあいだから細長い物体を抜き取った。

「……やっぱり。なんだこれは」

帝が目の前に差し出すと、姫沙は柳眉を寄せる。

「……吹き矢ね。今日、学校の帰りに熊狩りをする予定だったから」

「絶対に嘘だろ！　狩られるのは俺だったろ！」

「いるのよ、大きな熊が。通学路の幼稚園の近くに」

「何人か喰われてるだろそれ！」

「ええ……私の母も何人か……」

「お前、母が何人もいんの⁉」

　姫沙が帝を睨む。

「もういいかしら⁉　さっきから難癖《なんくせ》をつけられて体に触られてばかりで、委員会の仕事が始められないのだけれど！　セクハラも程々《ほどほど》にしてほしいわ！」

「逆ギレだと⁉　最後にこれを没収させてもらう！」

　帝は姫沙の襟《えり》から不自然に突き出している紐《ひも》を摑んだ。

　姫沙は体を抱き締めて抵抗する。

「それだけはやめて。その紐を引っ張ったら、私の全着衣がほどけるわ」

「そんなわけがあるか！」

　帝は姫沙の制服の中に隠されている紐を一気に引き抜いた。

　没収した品を、犯罪の証拠品のように廊下の床へ並べていく。

　スタンガン、注射器、吹き矢、接着剤、そしてロープだ。

「……吹き矢かスタンガンで俺を無力化した後に、注射器で睡眠薬を静脈注射し、図書室の扉に接着剤を塗り込んで密室を作った上で、ロープで縛り上げて監禁するつもりだったのか」

「予知能力者……⁉」

姫沙は目を丸くした。

帝はため息をついて没収品をまとめる。

監禁してからどういう方法で籠絡する作戦だったのかは分からないが、ろくでもない洗脳等が施《ほどこ》されたことは間違いない。

「もう武器は持ってないよな？」

「ええ。『武器は』持っていないわ」

「まだボディチェックをしないといけないみたいだな！」

「いいのかしら、そんなことをしていて。ちょっとまずい子が来ているみたいよ？」

姫沙が指差した廊下の端に、瓦屋木影《エモノ》の姿が見えた。

いつものごとくカメラを片手に、被写体をきょろきょろと探している。

「くっ……」

「私は瓦屋さんの前でセクハラをされても堪えてみせるけれど、北御門さんは困るわよね。スキャンダルで破滅しちゃうものね？」

楽しげに笑う姫沙。

帝は歯ぎしりした。

「仕方ない……武器を持ってないなら……まあ、いいか」

「ふう……やっと委員会の仕事を始められるわ……」

「誰のせいで遅れたと思っている！」

「スタンガンを落とした私のせいよね。武器の所持を気づかれるようなミスをして、本当にごめんなさい。今度からしっかりと隠蔽《いんぺい》するわ」

「その謝罪はおかしい……」

釈然としない思いを抱えながら、帝は図書室に足を踏み入れる。

鼻腔に流れ込む、ふくよかな書物の薫り。

緊張感に満ちた、無人の部屋。

大量に本の詰まった棚の数々。

姫沙がぴしゃりと扉を閉める音。

——ここが……、俺たちの戦場だ。

正確には図書室だった。

武器を取り上げて安全性は高まったが、まだ安心はできない。これからが本番だ。

北御門一族の未来のため、そして日本の未来のために、全力を尽くさねば。

そんな決意と共に、帝は姫沙の方を振り返る。

「それじゃ南条、本の整理を始め……」

見れば、姫沙はきゅっと唇を結んでいた。色白の脚が、小さく震えている。

「もしかして……緊張してるのか？」

「え⁉　そ、そんなはずないわ！　私は狩る側、あなたが狩られる側なのだから、私が緊張するのは変でしょう⁉　あり得ないわ！」

慌てたようにまくし立てる。

「……本当か？」

「ほ、本当よ！」

帝が顔を寄せると、姫沙は後じさる。背中が扉にぶつかり、身をこわばらせる。

びくびくと見上げる姿は、なんだか怯える小動物にも似ていて。

「声が裏返ってるぞ？」

「これが地声よ！　えぇっと、私たちが担当するのは、文学と芸術と語学の棚よねっ！」

姫沙は帝の脇《わき》をすり抜け、棚の方へ駆けていった。

二人で手分けをして、本の整理を始める。

生徒が適当に本を返すせいで、棚には番号の意味もないほど無秩序に本が置かれていた。

それを一つずつ並べ直す作業は単調だったが、帝に冷静さを取り戻させてくれる。

戦場に入ったからには、全力で攻撃をしなければならない。できれば、この戦いで姫沙を帝に惚れさせたい。

　そのための道具は、ちゃんと用意しているのだ。さっきは姫沙のボディチェックを行ったが、実は帝もポケットにいろいろと隠し持っていたりする。

　――まずは……、頼りがいのあるところを見せて攻めるか。

　帝はポケットから小箱を取り出した。小箱の中から蜘蛛《くも》をつまみ、姫沙の足下にそっと置く。

　怖がる姫沙を守って蜘蛛を追い出し、男らしさを見せつける作戦だ。

　とんだマッチポンプだとは思うが、毒のない蜘蛛を選んでいるから実害はない。最大の問題は、南条一族の後継者が蜘蛛ごときを恐れるかどうかなのだが……。

　本をしまう場所を探していた姫沙が、蜘蛛の存在に気づいた。

　じっと、静かな視線を足下の蜘蛛に注ぐ。

　――やっぱり、南条家に蜘蛛なんて効かないか！

　帝が落胆したとき。

「…………っ…………っ……っ……」

　姫沙が震え始めた。

　目を見開き、本を握り締めて硬直しきっている。

　怖がるというレベルではない。

　ショック症状だった。

「お、おい⁉　蜘蛛、そんなに苦手なのか⁉」

「に、苦手じゃないわ！　南条の後継者に苦手なものなどないわ！　私はあらゆる存在を統べる闇の支配者になるのだから――」

「目が死んでるぞ⁉」

拒絶反応が帝の想定を超えていた。

姫沙は袖《そで》の中から小さなスイッチを取り出し、わななきながら押そうとする。

「ふ、ふふ……こうなったら、このスイッチで……」

「なんのスイッチだ！　というかまだ武器を持ってたのか！」

「大丈夫、これですべて解決だから……全校生徒が苦しみから解放されるから……」

「人生からも解放されるだろ！」

「いいえ、新たな世界に旅立つだけよ……そう、終わりは始まりに等しいのだから……」

「なんか知らんがやめろ‼」

帝は姫沙からスイッチを奪い取ると、床の蜘蛛をつまんで窓の外に放り投げた。後で爆弾解除班を呼ばなければ……と考えながら姫沙の方を振り返る。

姫沙は床にぺたんと座り込んでいた。

つぶらな瞳を潤ませ、まるで救世主を見るかのように帝を見上げる。

「あ、ありがとう、北御門さん……。敵を助けるなんて、すごく優しいのね……」

「ぐ……」

帝は胸に壮絶な痛みを覚えた。

一つは、姫沙の弱々しい姿に心臓を撃ち抜かれた痛み。

一つは、北御門家ともあろうものが女子を泣かせてしまったという罪悪感の痛みである。

「た、たいしたことじゃないさ……」

姫沙は微笑みながら首を振った。

「ううん、たいしたことよ。私だったら、相手を思う存分怖がらせた上ですがりつかれてから蜘蛛を追い出すもの。もちろん、北御門さんと違って蜘蛛も自分で用意するけど」

「ぐっ……」

まさに蜘蛛を自分で用意した犯人であるところの帝は胸を押さえた。

姫沙は頬の涙をそっと拭く。

「本当にありがとう、北御門さん……。あなたは私のヒーローだわ……」

「本当に申し訳ない！」

帝は姫沙に全力で頭を下げた。これ以上の責め苦はやめてほしかった。

「どうして謝るの？」

きょとんとする姫沙。

「いや……まあ、とにかく悪かった……」

今後、マッチポンプはやめておこうと痛感する帝である。闇の南条家ならともかく、光の北御門にとって、こういう搦《から》め手は罪悪感の元だ。

「変な北御門さん。ごめんなさいね、作業を止めてしまって」

「南条は悪くない……死なないといけないのは俺だ……」

「どうして北御門さんが死ぬのよ。それより、ちょっと高いところの本を整理したいから、台を支えていてもらえるかしら」

「あ、ああ」

帝が近くの踏み台を押さえると、姫沙は本を抱えて台を登っていく。

途中で帝を見下ろし、ふふっと悪魔の笑みを浮かべる。

即座に、帝は姫沙の思惑に気付いた。

──そういう作戦か！

──そういう作戦よ！

いつの間にか睨み合うだけで会話ができるようになっている二人だった。

この位置関係なら、姫沙がもう少し台を登るだけで見えてしまう。言わずもがな、パンツがである。

かつて源平の戦いにおいて、南条一族は下着姿の女人《にょにん》を戦場に走らせることで敵軍の注意を散漫にさせ、平家の滅亡を招いたという。

すなわち、南条一族のパンツは最終兵器……タルタロスの巨人なのだ。パンツ一枚で国家の行く末を歪《ゆが》めるのが、南条家の底力だ。

――南条のパンツを見てしまったら、俺はこの戦いに負ける……！

帝はそう直感した。

性欲――それは恋愛における重要なファクターである。性欲が上昇するほどに人は理性を失い、愚かな恋に呑《の》まれやすくなっていく。

そういった意味で、パンツとは無限の可能性を秘めた攻撃と言える。

ただでさえ可愛い姫沙が、パンツなどを覗かせてきた日には……その破壊力は十億倍に達してしまう。二人きりの空間で正気を保つ自信は帝にはないし、翌朝からは挨拶もまともにできないだろう。

「くくく……だが、俺を甘く見たな、南条。こういうときの備えは万端だ」

「なっ……⁉」

身構える南条の目の前で、帝はポケットから取り出したアイマスクを装着した。

真っ黒な布に視界を完全に覆われ、パンツどころか世界の森羅万象が消え失せる。

性欲への強大なる隔壁。

たとえ世界がパンツに埋め尽くされようとも、見えなければ存在しないのと同じ。

「それは卑怯《ひきょう》じゃないかしら⁉　というか危ないわよね⁉」

「危なくなどない！　俺がしっかり踏み台を支えているからな！　そしてこのアイマスクは特

注品！　遮光率は百パーセント！　たとえ南条のパンツが超新星爆発級の光を放とうと、決して俺の視界に入ることはない……っ！」

帝は高らかな笑い声を響き渡らせた。

ぎりっと歯を食い縛る姫沙。

それも当然だろう、最終兵器を最強の盾《イージス》で封じられてしまったのだから。帝はささやかな勝利に、さっきまでの罪悪感が薄れるのを感じる。

姫沙はため息をついて台を登っていく。

「仕方ないわね。さっさと上の段の整理を済ませるわ……きゃっ」

「南条⁉　大丈夫か⁉」

もしや足を滑らせたのかと、帝はひやりとしてアイマスクを外した。

しかし、その視界に入ったのは……意地悪な表情で見下ろす姫沙の姿。そして、パンツはしっかり見えてしまっている。


黒。

闇の黒である。

レースの縁飾りである。

純白の尻《しり》である……！

「ぐうううっ……！」

帝は五千億のダメージを受けて床に突っ伏した。

荒ぶる鼓動、暴走する呼吸を、円周率を無限に暗唱することで必死に整える。

そこへ姫沙が降りてきて、勝ち誇った笑みを浮かべた。

「あら、どうかしたの？　私のタイツを見て欲情したのかしら？」

「タイツ……？」

「ええ、パンツのような柄をシミュレートしたタイツよ。まさか、北御門家の御曹司ともあろう者が、パンツとタイツを見間違えるなんてことはないわよね？」

「そ……れは……」

ダメージの受け損。タイツだろうとなんだろうと見た目がパンツである以上、そこから発生する攻撃力は同じなのだ。

自らは傷つくことなく敵のみに損傷を与える南条家の非道さに、帝は改めて義憤を覚える。

決して南条許すまじとの決意が高まる。

二人は並んで本の整理を続けた。

放課後の図書室は、静けさに満ちていた。

本の擦れる音、二人の小さな足音、そして校庭から流れ込む遠い喧噪《けんそう》のみが聞こえている。

と、作業に夢中になっていた姫沙が、帝にぶつかってきた。

ほんの少し、肩が当たるだけの接触。しかしそれだけで姫沙のやわらかな感触が伝わってきて、帝は身をこわばらせる。

「あっ……ごめんなさい」

「い、いや……」

姫沙はすぐに帝から離れる。

再びの無言。二人はなにもなかったかのように仕事を進めるが、姫沙の耳は赤くなっている。そんな彼女を見ると、帝まで耳の温度変化を認識した。

やわらかな沈黙。でも、嫌な空気ではない。たとえ北御門と南条の人間であろうと、今だけは単なるクラスメイトの男子と女子であるかのようだった。


「南条は……本を読んだりするのか？」

帝がつい尋ねてしまったのは、この時間を少しは楽しみたいと思ったせいだろうか。

「え……私のプライベートに興味があるの？」

姫沙は目をきらめかせて帝を見上げた。

「まあな」

「それはつまり、私に惚れているということよね？」

「それは違う」

「だって私のことが知りたくて知りたくてしょうがないんだもの。ね？」

にこにこと、いろんな方向から帝の顔を覗き込んでくる。

「なんでもいいけどめちゃくちゃ嬉《うれ》しそうだなお前」

「嬉しくなんてないわ。ええ、全然。生まれて初めて北御門さんに個人的なことを聞かれて嬉しくなってなんてないわ」

鼻唄でも聞こえてきそうなくらい上機嫌だった。

――俺から個人的なことを聞かれて嬉しい……？　それってつまり、俺に惚れてるってことか⁉　いやいや、まさかな……南条がそんなに簡単な奴のはずがない……まさかな！

嬉しさは伝染するのか、帝も頬の筋肉が弛緩《しかん》してしまう。

努めて表情を引き締め、真顔を保った。

「で、どうなんだ。読むのか、読まないのか、これはクラスメイトとしての雑談だ」

「そうね、結構読むわ。『アルセーヌ・ルパン』シリーズとか、『ハンニバル・レクター』シリーズとか、ゲーテの『ファウスト』とか。この前のお休みは、『古今東西・詐欺の百科事典』を徹夜で読んでしまったわ。女子力高いでしょう？」

「女子力とはいったい……」

ものすごく南条家らしいチョイスだった。

「北御門さんは、歴史書を読むのが好きみたいね」

「過去の歴史から学ぶのは、日本の未来を考えていく上で勉強になるからな。というか、どうして俺の本の好みを知ってるんだ？」

「だって、この前もトインビーの歴史書を読んでいたじゃない。ヨセフスとかを読んでるところも見かけたし」

「よく見てるな……もしかして俺に興――」

「興味はないわ」

ばっさりだった。瞬速だった。まるでそういう問いかけが来ることを予想していたかのような反応速度だった。

「じゃあなぜ俺の読書傾向を……」

「私は全人類の読書傾向を知り尽くしているからよ」

「それはすごいな⁉」

「ええ、そしてあなたは、六十億分の一の存在にすぎないの。あんまり自分のことを過大評価しないことね。私に恋愛ゲームを仕掛けられているからといって、あなたが特別ということは絶対にないのだから。私があなたに対して持っている興味は、そう、道に転がっている木の葉と同じくらいと言っても過言ではないわ。いいかしら、理解できたかしら」

やたらと饒舌《じょうぜつ》だった。

――え、もしかして本当に俺のことに興味があるのでは⁉　そういうアレでは⁉

裏を読みたくなってしまう帝である。

酸素の不足を感じ、懸命に深呼吸する。たった二人で広い図書室の一角に固まっていることを意識すると、余計に呼吸が苦しくなっていく。

そのときだった。

なんの前触れもなく、姫沙が無言で襲いかかってきたのは。

「…………ッ⁉」

和《なご》やかな会話を交わしていたつもりだった帝は、不意をつかれた。

姫沙の掌底が帝のボディを破壊せんとする。

けれど磨き上げられた危機管理能力は直撃を許さず、帝はすんでのところで飛び退いた。

姫沙の手の平が図書室の内壁に叩《たた》きつけられ、ずどんと物騒な音を響かせる。

「なにを……する……？」

帝は瞬時に警戒度をマックスまで引き上げ、姫沙から距離を取った。

——くそ、武器を没収したせいで油断していた……！　クラスメイトの女子が丸腰の肉弾戦に持ち込んでくる可能性を想定しておくべきだった！

後悔に奥歯を嚙み締める。

姫沙は乱れた髪を掻き上げ、ゆっくりと顔を上げた。その瞳は、捕食者の瞳。美しい唇から覗いた牙《きば》が、血を求めてぎらついている。

「北御門さん……壁ドンって、知ってる……？」

姫沙が低い声でささやいた。

「カベドン……？　ハイドンの一種か……？」

帝の脳内にクラシックの旋律が流れ始める。

すると、姫沙は誇らしげに笑った。

「あら……、こんな基礎的なことも知らないなんて、北御門さんは思ったよりも無知なのね。これじゃ恋愛ゲームは私の勝利確実ね」

「そんな語彙《ごい》、本当に存在するのか……？　俺は国語辞典は四冊ほど暗記しているが、カベドンという単語はそのどれにも載っていなかった……」

帝はスマートフォンで検索してみたくなるが、情けない姿を宿敵に晒《さら》すことには抵抗がある。それに、全身から殺気を放っている姫沙の前で隙を見せるのは命取りだ。

「国語辞典！　国語辞典と来ましたか！　笑わせてくれるわね」

「なぜ笑う……」

「国語辞典で人生のなにが分かるのかしら。国語辞典で人間の思考のなにが分かると？　私はもっと深遠な人生の真理が描かれた文献で壁ドンを知ったのよ……そう、少女漫画という人類の叡智の結晶でね！」

「少女漫画……だと……!?」

恋愛の描かれた娯楽をシャットアウトされた帝にとって、少女漫画などは触れることを許されない禁制の品、聖櫃《アーク》やロンギヌスの槍に劣らぬ伝説的存在。

姫沙はしたり顔で自らの博識を見せつける。

「その文献によると、壁ドンとは恋愛の最終兵器。相手を壁際に追いつめて壁を強打し、『俺のモノになれよ』とささやくことで、相手の心を完全に支配してしまうのよ」

「そんな危険なマインドコントロール術があったとは……！」

帝は脅威を覚えた。

北御門家は世論操作に長《た》けているが、それは飽くまで大衆という集合を操るもの。異性を効果的に操る方法についての知識を、帝は持っていない。

「さあ、北御門さん。観念なさい……今日であなたの自由な人生は終焉を迎える……そう、私という支配者の奴隷になるのだから……！」

姫沙が床を蹴《け》り、その華奢な体が宙を舞った。

凄《すさ》まじい勢いで間合いを詰められ、帝の横に姫沙の拳《こぶし》が突き出される。

「……くっ！」

帝は瞬時に飛び退いた。

が、姫沙はすぐさま帝の回避軌道を捕捉し、さらなる追撃を加えてくる。

図書室を高速で駆ける帝、それに追いすがる姫沙。

手の平が壁を打つ音、二人の荒い呼吸音が、静寂の空間に響く。

――素早い……。このままじゃ、いつか南条にカベドンを喰らってしまう……。

帝は焦った。

北御門の男児たるもの、南条一族にマインドコントロールを受けるなどといったことがあってはならない。そんなことになればご先祖様に顔向けができないし、帝は腹を切って死ななければならなくなる。

「攻撃は最大の防御、か……！」

帝は姫沙の壁ドンを避けると同時、身を翻《ひるがえ》して彼女の顔面の直近に掌底を繰り出した。

文武両道の北御門男児から放たれた掌底は、その速度も風を切るほど鋭い。姫沙の美しい髪を風圧のみで何本か切り裂き、図書室の壁に絶大なエネルギーを叩き込《こ》む。

爆音と共に壁が陥没し、亀裂が走った。

けれど、姫沙の離脱もまた速い。壁ドンが直撃する寸前、転がるようにして帝の懐に潜り込み、脇をすり抜けて難を逃れる。

――この勝負、壁ドンを取った方が勝つ‼

距離を置いて睨み合う二人。

ついさっきまで平和な空間だった図書室は、いつの間にか恐るべき戦場へと変貌していた。

姫沙は細い肩を激しく上下させながら声を絞り出す。

「お、大人げないわ、ね、北御門さん……。ここは体力のない女の子に勝ちを譲るのが、紳士というものじゃないのかしら……？」

「悪いが、手加減をしていたら日本を乗っ取られるからな……南条一族相手に、男子も女子もない……力の限り戦うのみだ……」

姫沙が全力で掌底を突き出す。

帝が掌底で迎え撃つ。

二人の手の平が、宙でぶつかり合った。

彼女のやわらかい肌に触れた途端、電流のような衝撃が帝の肉体に流れる。

「きゃっ⁉」

「なっ⁉」

二人共が、悲鳴を上げてお互いから飛び退いた。

体温の急上昇。

姫沙の顔もみるみる赤く染まっていく。

「手、手で防ぐのはやめましょ……なんか、だめだから……」

「あ、ああ、今の戦いは危険すぎたな……」

雌雄が決する前に羞恥で死亡しないよう、二人はとりあえずの戦争法を締結した。

帝はかつて弁慶《べんけい》を屠《ほふ》った牛若丸《うしわかまる》の構えを取る。

左手を突き出し、右手を掲げ、あらゆる方向からの襲撃に備える。それでいて脳の覚醒度は究極に引き上げ、姫沙の一挙一動から彼女の次の攻撃を予測する。

「……まともにやったら消耗戦ね」

姫沙が本棚の陰に駆け込んだ。

帝は姫沙を追いかけて本棚の裏に走り込むが、彼女の姿は見つからない。

「どこに逃げた⁉」

急いで周囲を見回す。声はせず、足音も聞こえない。呼吸音すらない。姫沙は完全に気配を断ってしまっている。

——どこから……仕掛けてくるつもりだ……？

帝は壮絶なプレッシャーに心臓を圧迫されながら、ゆっくりと後じさった。

次の一手で勝負が決まるとの予感。

前方には、大きな本棚が仁王立《におうだ》ちしている。

左から来るか、右から来るかと、帝は思考を走らせる。

だが、その刹那《せつな》——姫沙が本棚の『上』から、天翔る青龍のように飛び降りた。

「…………⁉」

予想外すぎる出現に、帝の体が凍りつく。

産み出された致命的な隙を逃さず、姫沙が床を蹴って帝に突撃する。

彼女の両手が、帝の両脇《りょうわき》の壁に叩きつけられた。左右を塞《ふさ》がれては、帝は飛び退くこともできない。かといって、小柄な少女を突き飛ばして逃げることもできない。

「チェックメイト、ね……。私のモノになりなさい！」

決して逃亡を許さないとばかりに、姫沙は帝に全力でしがみついた。

ぜーはーと息を荒らげ、顔を真っ赤にして帝を見上げている。

やわらかい体が帝に押しつけられ、丸い膨らみを通して激しい鼓動が伝わってくる。

帝の鼻腔に流れ込む、甘い花の香り。

床に踏ん張っているせいで、姫沙の細い足はふるふると震えている。

どんなに相手が宿敵の一族とはいえ、可憐な容姿の姫沙からそんなことをされれば、破壊力は天地災害級で。

――逃げられねえ！　別の意味で！

帝は理性の限界を感じた。

だが、余裕がなくなっているのが察知されたら一巻の終わりだ。

帝は精神力を集中させて表情を引き締める。もはや顔面の筋肉を維持するためだけに帝の全カロリーが消費されている。それは、狸だらけの政界を泳ぐ北御門家ならではの、驚異の奥義――鉄仮面《キオクニゴザイマセン》である。

「ど、どうかしら？　私のこと好きになった？　惚れたでしょ？　頭撫《な》で撫でとか、したいでしょ？」

姫沙は必死に訊いてくる。密着しているのが恥ずかしいのか、ほっぺたを林檎のように染め、

大きな瞳を潤ませての詰問である。

——抱き締めてぇ!!

帝は自らの内なる衝動に死に物狂いで抗った。

そもそも、好きになるもなにも。

実のところ北御門帝は……とうの昔から南条姫沙に惚れてしまっていた。

恋愛ゲームなんてものを持ちかけられる以前から、彼女を目で追っていた。

しかし、北御門一族の男児が南条の娘に恋をするなど、許されることではない。

宿敵に好意を抱くのはあってはならない大失態だし、掟で恋愛は禁止されているし、許嫁だって決められている。

だから、帝は自分の恋心を墓場まで持っていくつもりだったのだ。

だというのに、姫沙は恋愛ゲームを提案してきた。

お互いの人生と一族の行く末と日本の未来をベットし、勝者が敗者のすべてを手に入れる、究極の恋愛ゲームを。

女子高生の顔をした運命の女神によって賽は投げられ、後戻りはできない。

帝にできるのは、恋心を隠しつつ、姫沙を惚れ込ませて奴隷にすることだけだ。

「ふん……そのくらいで惚れるわけがないだろう。カベドンというのもたいしたマインドコントロール技術ではないんだな」

大嘘だった。

姫沙にぎゅーっとしがみつかれ、帝の精神的鎧《ガード》はズタボロの紙切れと化していた。

「い、いいから、惚れなさいよ！　この馬鹿《ばか》！　私のこと好きになってよ！」

姫沙は破れかぶれといった様子で、帝の胸に頭を何度もぶつけてくる。

「は、はは……なにをしても無駄だ……このくらいの攻撃で、俺が揺らぐわけない……」

大嘘だった。

叡智の詰まった姫沙の小さな頭が胸板《むないた》にぽすぽす当たる度、その髪から甘酸っぱい香りが漂う度、帝の防御は恐るべき勢いで削られていく。

――押し倒してぇ!!

抱き締めたいから欲望がクラスアップしていた。

図書室という密室で、同い年の男女が二人きり。

恋愛ゲームのルール上、押し倒しても姫沙は文句を言わないだろう。

だが、それは帝が明確に姫沙を求めたことになる。ゲームは終了、帝は敗北、姫沙の甘い腕に抱かれながら、北御門家と日本は暗黒に包まれてしまう。

そんな未来も幸せかも……と感じる帝だが、即座に愚かな考えを振り払う。手に入れるなら総取りだ。最高の女も最高の未来もすべて自分のものにしてこそ、北御門の男児だ。

「……悪いが、攻撃に転じさせてもらう！」

「えっ……」

帝は姫沙の手首を摑むと、二人の位置関係を裏返すようにして姫沙の背中を壁に押しつけた。自分の手を壁に叩きつけ、姫沙に顔を寄せてささやく。

「姫沙……無駄な抵抗はやめて、俺のモノになれよ」

「…………………!!」

姫沙が体をこわばらせた。

突然の名前呼びによる、衝撃度増幅作戦である。自分もカベドンにはかなりのダメージを受けたのだから、少しは姫沙に影響を与えられるかと期待した帝だが。

「ふ、ふん……その程度の台詞《せりふ》では、私はなにも感じないわ……できるものなら、もっと私のハートを撃ち抜くような言葉をささやいてみなさい」

などと言いつつ、姫沙の耳は真紅に染まっていた。

必死に帝と視線を合わせないよう目をそらしつつ、きゅっと唇を嚙んでいる。

——これは……、いけるか⁉ 押しまくればゲームが有利になる！

機を逃してはならぬと、帝は追撃する。

「そうか？ その割に、顔が真っ赤になっているみたいだが？ 実はドキドキしているんじゃないのか？」

「そ、そんなことにゃいわっ！」

噛んでしまい、さらに顔を真っ赤にする姫沙。

しかしそれは、帝にも絶大なダメージを与えた。

――噛んだ！　あの傲岸不遜《ごうがんふそん》で完璧超人の南条が！　俺の腕の中で『にゃいわ』とか言って恥ずかしがっている……！

理性が溶かされていく音が、はっきりと脳裏に響く。

精神の危険を感じ、帝はとっさに姫沙から飛び退いた。

ぺたんと床に崩れ込む姫沙、あまりの損傷で床に膝《ひざ》を突く帝。

二人して息を切らし、頬は火照《ほて》りきっている。

「こ、このままじゃ、下校時刻までに作業が終わらないわ……」

「な、なんだ……休戦したいのか……？」

「仕方ないわ……今日のゲームはこれくらいにしておきましょ……」

「まあ……、仕事が進まなかったら本末転倒だからな……」

期せずして、二人のあいだに停戦協定が結ばれる。

姫沙の残り精神力は不明だが、少なくとも帝は死亡寸前だったので、ゲームを逃れることができて救われた思いだった。

二人は今度こそ普通に本の整理を進めていく。

徐々に体の熱も冷めてきて、帝は落ち着いて思考を働かせられるようになった。

情報摂取の手段として書物を評価していることもあり、図書委員の仕事は楽しい。

中学時代は家業の訓練として生徒会に入っていたが、北御門家の人間に生徒会の仕事は一片の失敗も許されなかったから、家業と関係のない図書委員の役は気楽だった。

「ねえ……」

本を棚に押し込もうとしていた姫沙が、ふとつぶやくように言った。

「……なんだ?」

恋愛ゲームが停戦中だから、帝も気兼ねなく返せる。

「……私と同じ委員会の仕事するのって、そんなに嫌?」

「え……?」

姫沙は本の背表紙を見つめたまま、決して帝と視線を合わせようとせずに話す。

「私は……北御門さんと一緒の係やるの……、嫌じゃないけど」

「俺は……」

帝は言葉に詰まった。

伝えたいことはたくさんある。ぶつけたい想《おも》いは溢れそうなほどある。

だが、北御門が南条にそれを告げるのは、天地が逆転でもしない限りは不可能で。

「……嫌では、ない。お前と話すのは嫌いじゃない。その……クラスメイトとして、って意味だけど、変な意味じゃなく」

「わ、私だってクラスメイトとしての意味よ！　当然じゃない！」

きっと睨んでくる姫沙と、視線が絡《から》み合った。

上気した頰が美しいと意識する暇もなく、姫沙はすぐにそっぽを向く。再び棚の上の方に本を押し込もうと背伸びし始めるが、なかなか上手くいかない。

そうやって苦労している姿は本当に女の子らしく、そして弱々しい。強大な闇の支配者である南条家の面影《おもかげ》は片鱗もなく、そこにいるのは一人のクラスメイトだ。

帝は無言で姫沙の手から本を取り、きちんと棚にしまい込んだ。

「あ」

姫沙は驚きの声を漏らすが、なにも言わずにうつむいて作業を続ける。

そのなめらかな肌は、首筋から耳まで赤く染まっていて。

速まる鼓動を静められないまま、帝は共に仕事を続けた。


『下校の時間です。学校に残っている生徒は、すみやかに帰宅してください』

校内放送が流れ始め、帝と姫沙ははっと顔を上げた。

窓に映る空はとっくに橙《だいだい》に染まり、徐々に闇へと呑まれていっている。

「もうこんな時間か!!」

「気づかなかったわ！」

よほど作業に集中していたのかといえば、そういうわけではなく、姫沙の一挙一動に集中している間に時が過ぎてしまっていた。

二人は急いで本の整理を切り上げる。

荷物をまとめ、図書室から出……ようとしたところで、びくりと足を止めた。

廊下側の窓の外、少し離れたところに、瓦屋木影の姿を見たのである。ご丁寧に椅子まで持ち出して廊下の真ん中に居座り、いつものカメラを構えている。

帝と姫沙は入り口の扉に張りつくようにしてささやき交わす。

「あいつ……俺たちのゲームに勘付いてるのか……？　スクープを押さえようって腹か？」

「いいえ、多分違うわ。あれを見て」

姫沙は木影が床に置いている袋を指差した。

「袋……？　やけにでかいな」

サンタクロースが好みそうなサイズだ。

「恐らく、私たちが図書室で埋蔵金を見つけるんじゃないかと期待しているのよ。その情報をネタに、口止め料をもらうつもりね……」

「どんだけぼったくる気だよ！　てかまだあの話を信じてるのか⁉」

「乙女《おとめ》は論理よりも直感を信じるところがあるからね……私は自分の頭脳しか信じないけど」

「お前はそうだろうな」

帝は南条姫沙に普通の女の子らしい成分がふんだんに含まれているとは思っていない。木の根っこから生まれたと言われても違和感がないほどだ。

姫沙は親指の爪《つめ》を噛む。

「困ったわね……変に絡まれてゲームの邪魔をされたら大変だし、南条家《うち》の工作員たちに連絡して麻酔ガスを撃ち込ませるしか……」

「そこまでするなよ！　クラスメイトは武装勢力じゃねえ！」

「じゃあ、自分で始末をつけましょう。この麻酔銃で……」

「まだ武器を隠し持ってた⁉　クラスメイトに実力行使するなって言ってるんだ！」

服の中から姫沙が取り出した銃を、帝はすぐさま奪い取った。

ほのかに温かい。姫沙の生肌の体温を感じ、帝はダメージを受ける。

姫沙は帝を睨みつけた。

「だったら、どうしたらいいのよ⁉　他に案がないなら黙っててくれないかしら！」

「そんなの簡単だろ。ほら、来いよ」

「えっ……」

戸惑う姫沙の手首を摑み、帝は図書室から飛び出した。

「あーっ！　やっと出てきた！　姫沙ちゃん、帝くん、埋蔵金は——」

椅子から跳び上がる木影。

「どうするの⁉」

「逃げるだけに決まってるだろ！」

帝は姫沙の手を引っ張り、木影とは反対方向に疾走した。手を握るのは恥ずかしいから、袖の上から軽く握る程度のリード。だが、姫沙はちゃんと走ってついてきてくれる。

二人の足音が階段に響き、吐息が宙に弾《はず》む。

帝と姫沙は全速力で校舎を脱出する。

運動部員たちだらけの外庭を駆け抜け、裏門から駆け出す。

人気のない裏通りを、二人は走った。

既に帝は手を離しているが、姫沙は帝に遅れまいと急ぐ。

少女の髪が夕日に照らされて踊り、スカートの裾《すそ》が軽《かろ》やかに跳ねる。

「ま、待って、北御門さんっ……あんまりスピード出さないでっ……」

「あ、悪い。でも、あと少しだから！」

帝は姫沙の鞄《かばん》を代わりに持ち、速度も若干緩めた。いったいなにが入っているのか、その鞄はやたらと重い。けれど詰問する余裕もなく、二人でひたすら夕暮れを駆ける。

——なんか、これ……楽しいな。

姫沙と一緒に逃げながら、帝は思った。

二人で悪だくみをしているような感じがして、無性に胸が躍る。

相手は宿敵の一族であり、人生を賭《か》けたゲームの対戦者でもあるのに、今はそんなことはどうでもよくなる。

しばらくすると、帝たちは学校から離れ、川沿いの道へとたどり着いた。

川沿いには土手を挟んで小さな車道が続き、向こう岸に電車が走っている。電車には通勤中のサラリーマンがたくさん乗っていて、彼らの姿が落日に影絵を作っていた。

「この辺りまで来れば、大丈夫か……木影もついてきてないみたいだし」

帝は足を止めて振り返った。

周囲には他の人間もおらず、電車の走行音と川の水音だけが静かに響いている。

「はあ……はあ……」

姫沙は膝に手を突くようにして息を切らした。

華麗な髪筋は千々に乱れ、制服のリボンは首の後ろまで跳ね上がっている。額《ひたい》を垂れてきらりと光る汗が、まるで水浴びを済ませた女神のように美しい。

「も、もう……私に肉体労働をさせないでよね……こういうの、慣れてないんだから……」

「南条家は頭脳労働が専門か？　たまには体を動かさないと、頭も鈍るぞ？」

「鈍らないわよ、それくらいじゃ。私の頭は日本一なんだから」

姫沙は不服そうに口を尖《とが》らせつつ、帝から鞄を受け取った。

「運転手に電話しないとな……。あいつら、まだ校門で待ってるぞ」

「私は今日は電車だから大丈夫だけど……一緒にいるところは見られない方がいいわよね」

「あ、ああ……この辺で、解散するか」

帝は名残惜《なごりお》しい感じがしたが、北御門家の運転手に姫沙が会えば面倒なことになる。

両親は恋愛ゲームのことを把握していないし、北御門の息子が南条の娘と長い時間を過ごしているなどと知れば、大騒ぎするだろう。

姫沙が学生鞄をぎゅっと胸に抱き締めた。

「今日は引き分けだったけど……、明日からも、手加減しないから」

「お、おう……こっちこそ」

楽しいだけの時間はここまで。

お互いを賭けたゲームの再開。

「……じゃあね。明日も楽しみにしてるわ」

「……じゃあな。お前には絶対に負けない」

二人は背を向け合い、別々の方角へと歩き出した。


帝と別れるとすぐ、姫沙は近くの街路樹へと突っ走った。

木陰《こかげ》にうずくまり、胸を押さえる。

――し、心臓、止まるかと思ったわ……。

逃げるために走ったせいではない。

その前からずっと、二人で図書室に入ったときから、緊張して緊張して仕方なかったのだ。

火照りまくったほっぺたを、両手でぱんぱんと叩いて冷ます。だけど、手も熱くなっているものだからどうしようもない。

「二人っきりって、あそこまで危険なのね……」

貞操が、というより、姫沙の心臓が。

帝と一緒にいるだけで顔がとろけてしまいそうで、クールな態度を保つのが大変すぎた。

「大丈夫？　具合でも悪いの？」

通行人の女性が、しゃがんでいる姫沙を心配して声をかけてくる。

「ぐ、具合は悪くないわ！　ちょっと病気なだけ！」

姫沙は慌てて立ち上がり、その場から歩み去った。

風を切って早足で歩き、少しでも体の熱を冷まそうとする。

こっちから仕掛けた恋愛ゲームだというのに、たくさん策略を練ってから戦っているというのに、姫沙は帝に翻弄されっぱなしだった。

第二章 心理操作

Do you like to be captured by a cute girl?

「……あたまいたい」

南条《なんじょう》姫沙《きさ》の朝は、午前六時ぎりぎりに始まる。

目覚まし時計を恨めしい思いで止め、ベッドから滑り降りる。

頼りない足取りで窓際まで歩き、陽光を浴びて強制的に意識を覚醒《かくせい》させる。

肌のため、なるべく夜更《よふ》かししないようにしているのだが、どうしても朝が苦手なのが闇《やみ》の住人たる南条家の体質だ。

徐々に頭がはっきりしてくると、昨日の記憶が浮かび上がってくる。

帝《みかど》と二人きりで過ごした、図書室の時間。壁ドンをされ、耳元でささやかれた言葉。

『姫沙……無駄な抵抗はやめて、俺《おれ》のモノになれよ』

彼の声色《こわいろ》まで鼓膜に蘇《よみがえ》り、姫沙はベッドに身投げした。

「ああもうっ……北御門《きたみかど》さん、ずるいわ……」

ポカポカとマットレスを叩《たた》いて身悶《もだ》える。

あのときのことを思い出せば思い出すほどに、体が燃え盛っていく。

このままでは高熱で倒れそうだったので、姫沙は必死に脳裏《のうり》から帝の姿を振り払った。起きるのが遅いせいで、のんびりしている時間もない。

姫沙は黒いワンピースの寝間着を脱ぐと、制服のスカートを穿《は》いた。

ベッドの端に腰掛け、絹の黒タイツに細い足を通す。

衣擦れの音を立てながら、ブラウスを身に着けた。

自室に備え付けの洗面所へ行き、洗顔。

化粧液に乳液、日焼け止めのファンデーションを使って、しっかりと肌の手入れをする。

象牙のブラシで念入りに髪をとかす。淡い色のリップで唇を塗る。制服のリボンを納得が行くまで結び直す。

デートに行くかのような気合いの入れようだが、今日は平日。これがいつもの朝だ。可愛《かわい》くない自分なんて、帝に見られたら死んでしまう。

「おはよー、おねーちゃん。もう起きてたんだー」

妹の美月《みづき》が大きなあくびをしながら姫沙の部屋に入ってきた。

姫沙と違って着替えも済ませておらず、だらしなくパジャマを着崩している。まだ中学二年生で胸も小さいが、そこはかとなく色気が漂っているのは南条の血筋だろう。

「おはよう。あなたもちゃんと身だしなみを整えてきなさい」

「いいよー。アタシは出かける前にささっと済ませるからー」

美月は姫沙のベッドの上をころころと転がった。特に用事もないのになんとなく姉の部屋に遊びに来る妹である。

「ていうか、おねーちゃん、いっつも気合い入れすぎー。学校に好きな子でもいるのー？」

「すっ……」

何気ない問いに、姫沙は心臓が跳ねるのを感じた。

美月の方は振り向かず、鏡を見つめながら返す。

「す、好きな人なんているわけがないわ！　あなたも知ってるでしょ！　私が北御門の後継者と恋愛ゲームで戦っていることを！　その準備よ！　戦闘準備！」

鏡の中の自分の顔が、みるみる赤く染まっていくのが分かる。

「そうなんだー。帝くんの写真を撮りまくってるのも、戦闘準備？」

「⁉」

姫沙が振り返ると、美月がベッドで仰向《あおむ》けになって姫沙のスマートフォンをいじっていた。

「きゃ――――――――⁉」

「きゃ――――――――⁉」

悲鳴を上げて突進する姫沙、びっくりして跳び上がる美月。

姫沙は美月からスマートフォンを奪い取り、腕の中に隠す。

「なななななにをしてるのよ⁉」

「えー、なんか、帝くんの写真だらけだなーって思って。おねーちゃんって、帝くんのこと好きなの？」

美月は無邪気な顔で訊いてくる。

それがどんなに危ない質問かということも知らずに。

南条の娘が北御門の息子に心を奪われるなど、許されない。

北御門を陥落させるための恋愛ゲームという名目なら、南条一族も認めてくれるが、他《ほか》の方法で姫沙が帝を手に入れることはできないのだ。

「ねーねー、どうなの？　帝くんのこと、ラブしちゃってるんでしょー？」

妹は姉に体を擦り寄せるようにしてからかう。

「は、はあ!?　あり得ないわ！　これはあれよ！　いざというときに暗殺対象の写真を用意しておかないと困るから撮っているだけよ！」

「暗殺対象の写真って何百枚も要るの？」

「要るわよ！　天気とか、時間帯とか、場所とかで、全然違う顔になったりするんだから！一瞬一瞬が貴重なんだから！」

「じゃあ一枚残して全部消したげるね！」

「じゃあってなに!?　あなたは私に始末されたいの!?　東京湾《とうきょうわん》に沈めてあげましょうか!?」

ふざけて襲いかかってくる美月から、姫沙は必死にスマートフォンを守った。

冗談だろうとは思うけれど、冗談でもうっかりデータを消してしまいそうなところがアホな妹の怖さである。

姫沙に顎《あご》をかかとで押しのけられ、脚を固められた体勢で、美月はけらけらと笑う。

「おねーちゃん、必死すぎー。やっぱり帝くんのこと好きなんじゃーん！」

「違うって言ってるでしょ！　北御門さんは飽くまで宿敵！　私が奴隷にする相手よ！」

「奴隷にしたら、毎晩えっちなことするの？」

「はい⁉」

突然のとんでもない問いに、姫沙は思わず美月を放した。

「だって、帝くんをおねーちゃんの婿《むこ》として南条家に取り込むんだから。するんでしょ、えっちなこと。いっぱいするんでしょ？」

美月はベッドに手を突き、目をきらきら輝かせながら姫沙の方に身を乗り出してくる。

計り知れないほどの、無垢《むく》。

故に、自分がいかに姉の羞恥心《しゅうちしん》を煽《あお》っているかと気付きもしない。

「し、しししししないわよ……」

たどたどしく答える姉に、美月はきょとんと首を傾げる。

「えー、なんでー？　北御門家の優秀な血を南条に入れられたらすばらしー、っておばーちゃんも言ってたよー」

北御門と南条は、光と闇の両面から日本を支配してきた存在。その関係はライバルにも近く、お互いの力量を高く評価している。

だからこそ、敵方を潰《つぶ》して取り込めるのなら当主も大歓迎というわけで。

姫沙は頰《ほお》からぷしゅううううと蒸気が上がりそうなのを感じつつ、指をいじる。

「ま、まあ？　北御門さんが泣いて慈悲をこいねがうのなら、考えてあげてもいいけど……それはお情けだから！　私から積極的に北御門さんを求めるなんてことは……」

「だったらアタシがするー！　帝くんといっぱいえっちなことするー！」

「それだけはダメー！」

スマートフォンを奪って逃げ出す美月を、姫沙は涙目で追いかけた。死に物狂いでスマートフォンを取り返し、美月を部屋から追い出す。

扉に鍵《かぎ》を何重にかけるとようやく人心地つき、ベッドの端にへたり込んだ。

内にも外にも敵ばかり、一瞬の油断も許されない。けれど、大好きな帝を手に入れるためなら、どんなことだってやってみせる。

姫沙はスマートフォンを耳に押し当てた。

「……私よ。例のプロジェクト、実行に移すわ」

覚悟していなさい、と姫沙は心の中でつぶやいた。

裏で南条姉妹《しまい》がなにを思っているか、帝は知る由《よし》もなく。

今日も恐るべき恋愛ゲームに戦慄《せんりつ》しながら登校していた。

平和だったはずの教室は、今や戦場。自分の席にいても、まったく気を緩《ゆる》められない。

連日の戦いで疲れていたせいか、帝は送迎の車内でも眠り込んでしまっていた。普段は登校中も授業の予習を欠かさないのに珍しい。

「おはよう、北御門さん」

帝が椅子《いす》に座ってチャイムを待っていると、姫沙が挨拶《あいさつ》をしてきた。

相変わらず一分の隙《すき》もない完璧《かんぺき》な身だしなみ。どんなときだろうと即座に雑誌の撮影に応じられるような姿である。

「……おはよう」

帝は硬い口調で返した。姫沙に挨拶されるのは嬉《うれ》しいが、恋愛ゲームが始まってからというもの、彼女の一挙一動に警戒していなければならない。

姫沙は帝の隣の机に教科書やノートを滑り込ませ、机の脇《わき》に鞄《かばん》をかけた。スカートの下を手で押さえながら椅子に腰掛け、花びらのような唇から小さな吐息を漏《も》らす。

その動作はまるで様式美。

少しの無駄もなく、流れるように洗練されていて、帝の目を惹《ひ》きつける。

「そういえば……、南条って、転校してきたときからずっと隣の席だよな」

「そ、そうね。すごい偶然ね」

姫沙は笑みを漏らした。

「……偶然なのか？」

「偶然じゃなかったら、なんだと言うのかしら？　まさか私が北御門さんの隣になるために、クジを操作しているとでも？　さすがにそれは自意識過剰じゃないかしら！」

まくし立てる姫沙の耳が赤い。

自意識過剰と呼ばれたら、帝も羞恥《しゅうち》を覚えてしまう。

「いや、そういうわけじゃないが……」

「へ、変な言いがかりはやめてほしいわ！　まったく……」

姫沙は口を尖《とが》らせ、鞄から本を取り出して読書を始めた。視線はページだけに注《そそ》がれ、帝の方には目をくれようともしない。

――今日はまだ、仕掛けてこないのか……？

帝は油断なく姫沙の動きを窺《うかが》った。

凛と背筋を張り伸ばした彼女の、繊細な指でページをめくる姿が美しい。腰のくびれから細い太もも、そして上品に組まれた脚までのシルエットは、まさに芸術品だ。垂れてきた髪筋を耳に掻《か》き上げる仕草には、ほのかな色香が漂っている。

こんな姿を毎日隣で見せられて、気にならないはずがない。たまに覗《のぞ》かせる恥じらいも、妙に幼い慌てっぷりも、彼女が転校してきたときから帝の心を騒がせていた。

姫沙を監視する帝に、クラスの男子が話しかけてくる。

「おいおい、さっきからなにじーって南条を見てんだよー。目が怖えーぞ？」

「特に意味はない」

帝は短く返した。

姫沙からの精神攻撃に日々耐えている身、このくらいの言葉には揺らぎもしない。ここ数日で帝の精神力は大幅に鍛え抜かれていた。

男子は帝の肩を小突く。

「またまたー、誤魔化さなくていいってー。南条、めちゃくちゃ可愛いもんな？」

「…………………」

今さら言われるまでもない。姫沙の魅力については、誰《だれ》よりも帝が一番知っているのだ。けれど、それを口にするのはためらわれる。

帝は沈黙を保ち、一時限目の準備を始めた。

「じゃあ、この前の小テストの答案を返すぞ」

古文の教師が教壇から告げる。

蒼世《そうせい》学園には教育熱心な教員が多く、小テストといっても定期試験レベルの物量と難易度。

しかもなんの予兆もなく実施されたものだから、当日は阿鼻叫喚《あびきょうかん》だったテストだ。

生徒たちのあいだには、早くも絶望の空気が流れ始める。

だが、隣の姫沙は楽しげに帝の顔を覗き込んでくる。

「北御門さん、自信のほどはどうかしら？　ちょっと勝負をしない？　点数で勝った方が負けた方の目を人差し指で突くというルールで！」

「危険すぎるだろ！」

「あら、大丈夫よ。北御門さんが私に勝てばいいだけだもの。そうしたら眼球をえぐられるのは私の方だわ」

「いや……俺はお前の眼球をえぐりたくないからな？」

「優しいのね。それとも自信がないのかしら？」

くすくすと笑う姫沙。

そうこうしているあいだに、帝が教師に名前を呼ばれる。

「……九十九点だ。順調だな」

教師から答案用紙を渡され、帝はうなずいた。

教室がざわつく。他の生徒たちはほとんどが六十点台、優秀な者でも八十点という水準だったのだ。どんなに予期せぬ試験でも、北御門の人間は隙を見せるわけにはいかない。

やがて、姫沙の順番が回ってきた。

古文の教師が、教壇の前に立った姫沙に答案を差し出す。

「今回の学年トップ……百点だ。さすがだな」

「私が間違えることなんて、あり得ないわ」

姫沙はさも当然といったふうに答案を受け取り、颯爽と机のあいだの花道を歩いた。

クールである。完璧超人である。

「あんなに可愛くて頭までいいなんて、すごいよね……」

隣の席の女子生徒が、そっと帝にささやいてくる。

羨望《せんぼう》の視線が姫沙に注がれている。

しかし、当の姫沙は席に戻るなり。

「どう、北御門さん？　敗北の味は？　ね、ね、悔しいでしょ？　完膚なきまでに私に打ちのめされて、生まれてきたことを後悔してるでしょう？」

目をきらきらさせて尋ねてきた。

「悔しくはないな」

「負け惜しみね。私だったら今すぐ窓から飛び降りたいくらいの屈辱だもの！　本当は悔しいのよね？　悔しいって言いなさいよ！」

「本当に悔しくはない」

むしろ、嬉しそうな姫沙が可愛い。そもそも知謀にかけては日本最高の能力を誇るのが南条一族……、純粋な成績勝負では姫沙が勝つのが必然だ。

周囲のクラスメイトたちがざわめく。

「やっぱり、あの二人は違うな……」『才色兼備のツートップってゆーか』『ちょっと入り込めない世界だよな』『お似合いの二人だよね……』

なんて声まで聞こえてきて、帝は椅子の上で身じろぎする。

お似合いだなんて言われるのは初めてだった。朝は姫沙を眺めているのを冷やかされたりもしたし、どうも今日は調子が狂うことばかり起きる。

「お、お似合い……かしら……？」

姫沙が答案に顔を隠すようにして帝に訊いた。

その照れくさそうな素振《そぶ》りが、帝の心臓に大きなダメージを与える。

「知る……か……ッ」

帝は我を失いそうになる精神をぎりぎりのところで抑え、ノートに古文の活用形をひたすら書き連ねることで煩悩《ぼんのう》を抹殺した。

休み時間になり、帝が机に教材を入れていると、近くの席の男子が話しかけてきた。

「北御門って、南条と一緒に図書委員の仕事してるんだよな」

「……まあな」

「そっかぁ……。で、もうキスくらいしたのか？」

「はあ⁉」

帝は素で大声を上げてしまった。

「質問の意図が分からん……どういう意味だ⁉」

男子は頭を掻きながら話す。

「いやー、だってさー、同じ委員だったら、普通キスぐらいするだろ？」

「普通ってなんだ！」

いつの間にか世界の常識が崩壊したのかと帝は思った。

「だから普通だよ。せめてほら、連絡先の交換ぐらいはしてるだろ？」

「していないが……」

「マジかよ……信じられんねえ……」

「信じられないか……」

首を振る男子。

落ち込む帝。

姫沙の連絡先は知りたいのだが、聞き出す機会がない。そもそも教えてもらおうとするのが、『相手を求めたら負け』というルールに抵触する危険がある。

「はー、北御門は変わってんなー。俺がお前だったら、絶対土下座して南条に連絡先聞くんだけどなー」

「ちょっと待て、俺は土下座などせんぞ」

北御門家の名誉のため、それだけは断っておかなければならない。

「そのくらいする価値があるってことさ。めちゃくちゃ可愛いし、クラスの男はみんな南条に惚《ほ》れてんだぜ。でも相手がお嬢様すぎてびびっちまって、誰もアタックできないんだよ」

「そうなのか？」

帝は姫沙の美貌について高く評価しているつもりだが、クラス中の男子から人気があるというのは初耳だった。

なにせ、普段は姫沙の周りに好んで寄りつくクラスメイトなんてほとんどいない。今日のように大っぴらに姫沙の噂《うわさ》をする生徒もいないのだ。

——ん……？　どうして……今日に限って……？

皆が姫沙のことをやたらと褒めているのか。

帝は微《かす》かな違和感を覚えた。

「マジマジ。北御門みたいな家の奴じゃないと、やっぱ釣り合わねーよ。てか、北御門も実は南条のこと可愛いって思ってんだろ？」

　男子はからかうように尋ねた。

「それは……」

　言葉を選ぼうとする帝に、他の男子も割り込んでくる。

「てか、死ぬほど頭いいのは認めるだろ？　あんだけ二人で勝負してるんだしさ。ああいう頭のキレる女って憧《あこが》れねえ？　なあ、北御門？」

「スタイルも最高だしなあ！　そう思わないか、北御門？」

「ちょっと謎《なぞ》めいたオーラも素敵だと思わない？　北御門くん！」

　周りのクラスメイトたちが揃《そろ》って、わいのわいのと騒ぐ。

　——なんだ……このノリは……？　なぜみんな、やけに南条を褒めさせようとする……？

　帝が怪訝に感じて隣を見やると。

　姫沙が読書中の本を開いたまま、横目で帝を凝視していた。

　無表情である。氷のような視線である。

　それでいて微動だにせず、こちらにしっかり耳を向けている。

　明らかに……帝が姫沙を褒めるのを待っている。

　——そういうことか！

　帝は合点がいった気がした。

朝から大人しいと思ったら、こんな搦《から》め手で来るとは。

恐らく、少しでも帝が姫沙を褒めれば、彼女は好意の表明として恋愛ゲームの勝利を宣言するつもりなのだろう。どういう方法でクラスメイトたちを操《あやつ》っているのか知らないが、その手に乗るわけにはいかない。

「俺は……死んでも南条を褒めたりはしない……」

帝はクラスメイトたちを見回し、命を賭《と》して宣言した。


四時限目のチャイムが鳴り、世界史の授業が始まった。

授業中ならクラスメイトたちから圧力をかけられることも、姫沙が計略を仕掛けてくることもない。帝は少しばかり安堵《あんど》する。

北御門の男児は民衆の外圧などに屈したりはしないが、それでも常に警戒心をみなぎらせていなければならないのは疲れる。授業時間は、戦士に与えられた束の間の休息だ。

いかつい顔の教師が、教科書を片手に講釈する。

「こうして、クレオパトラはその頭脳と美貌で歴史を動かすほどの存在となったわけだ。そして……、現代のクレオパトラとも言うべきなのが、このクラスの南条姫沙だ」

「………………!?」

帝は耳を疑った。

授業中に、生徒を世界三大美女になぞらえて絶賛。

しかも、世界史の教師は普段そんなことを言う性格ではない。五十代後半、超がつくほどクソ真面目《まじめ》な男で、口から学問の知識以外が出てくることはないのだ。

一説には、世界史の山田は子守歌にホメロスを歌い、嫁ともハンムラビ法典の単語だけで会話する、と言われている。

それほどの堅物がいきなり姫沙を褒め始めたとなれば、帝の驚きも当然。

「よし、それじゃあ北御門。南条姫沙とクレオパトラの共通点について述べろ」

「俺ですか⁉」

教師は突然の無茶振りを放ってきた。

「ああ、お前だ。この教室に北御門はお前しかいない」

そう言われたら、帝は立ち上がるしかない。

「ええ、と……質問の意図が分かりませんが……」

教師は指で眉《まゆ》のあいだをさすった。

「お前なら分かるだろう。『美しさ』という言葉を使って二百文字以内で説明しろ。できなければ、お前の内申点が百分の一まで下がる」

「下がりすぎですよね⁉」

帝が隣の席を見やると、姫沙が期待の眼差《まなざ》しで見上げている。片手にはスマートフォン。録音アプリを起動しているのが丸分かりだ。

——言質《げんち》を取られる……！

帝は脅威を覚えた。

明らかにこの状況はおかしい。授業中にクラスの女子を褒め称えることを教師から強制されるなんて尋常ではない。

「先生……大丈夫ですか……？　南条に脅されていませんか……？」

帝が確かめると、教師は憤慨した。

「脅されてなどいない！　南条様は天使様だ！　女神様だ！　至高に美しい存在であり、北御門が結ばれるべき相手だ！　南条様と結婚しなければ内申点を一億分の一まで減らすぞ！」

「いっそゼロにしてください！　本当に大丈夫ですか先生⁉」

帝は教師のことが心配で仕方なくなった。

家族を人質に取られているのか、それとも借金を背負わせられているのか……、いずれにせよ、今の教師は昨日までの彼とは別人と考えた方がいい。クラスメイトだけに留まらず、教師まで操っているとは。

帝は姫沙を見据えた。

「南条……どういうことだ……。部外者に迷惑をかけるのは、違うだろう……？」

「こ、怖い顔しないでよ！　私は誰にも迷惑なんてかけていないわ！」

「じゃあ、この状況はなんだ⁉」

詰め寄る帝に、教師から声がかかる。

「北御門！　授業中の私語は禁止だ！　廊下に立ってろ！」

「理不尽な世界だ！」

自分がこの腐った日本を改革していかねばならないと、帝は改めて思った。


帝は教室で弁当箱を開いた。

黒塗りの漆器《しっき》に納められているのは、大根のなます、ヒジキの煮物、焼き魚など、伝統的な和食。質実剛健、質素簡潔を旨《むね》とする北御門家の定番弁当だ。

見た目は地味だが、栄養バランスは計算され尽くしており、専属の板前が腕によりをかけてこしらえている。購買部で注文したパンを適当に食べるなどといった不摂生は、日本を背負う北御門家の男児に許されることではない。

「……いただきます」

帝が合掌したとき、隣の席から歓声が上がった。

見れば、姫沙が可愛らしい花柄の弁当箱を開き、周りにクラスの女子が群がっている。

「わー！　姫沙ちゃんのお弁当すごーい！」『かわいー！』

「タコさんウインナー入ってるー！」『かわいー！』

「女子力たかーい！」『かわいー！』

「オムレツかわいー！」『人参のグラッセかわいー！』

可愛い以外の語彙《ごい》はないのか、と帝は心配になる。

――そもそも南条って、こんなに人気あったか……？

かなりの名家の令嬢だし、近づきがたいオーラも漂わせているから、クラスメイトには敬遠されていたはずだ。やはり、なんらかの陰謀が蠢《うごめ》いているのは間違いない。

とはいえ、確かに姫沙の弁当はやたらと可愛らしく、そして美味《おい》しそうだった。栄養のことしか考えていない帝の弁当とは違って、華に満ちている。

女子たちが騒ぐ。

「これって姫沙ちゃんが自分で作ってるんでしょー？」「もーホント、南条さんって完璧だよねー」「南条さんと結婚する人が羨《うらや》ましいよー」「その人、世界一幸せだよねー」「毎日、こーんな可愛い料理食べられるんだもんねー！」

などと言いつつ、しきりに帝に視線を向けてくる。

わざとらしい。通販番組の宣伝のようにわざとらしい。

帝は居心地が悪いが、隣で大騒ぎされていたら気になって姫沙たちの様子を見てしまう。

姫沙がくすりと笑った。

「北御門さん……そんなに食べたいなら、一口あげましょうか？」

「いや……毒とか入ってそうだ」

正直な感想だった。今日一日の出来事が、ここで自分に毒を盛るために計画されていたのでは……と帝は警戒する。

「失礼ね。ここで北御門さんが倒れたら、私が捕まるでしょ。ほら、私も食べてみせるから……ね？」

姫沙はファンシーなオムレツを箸《はし》で少し切り取って口に入れた。

特に顔色は変わらず、呼吸障害などの毒物反応もない。

「毒は……入ってないみたいだな」

「だから言ったでしょ。ほら、北御門さん。あーんして、あーん」

姫沙はオムレツの反対側を箸でつまみ、微笑みながら帝に差し出してくる。

「いや、しかし……」

女の子から食べさせてもらうなんて、まるで恋人同士だ。

「あら、恥ずかしいの？　北御門さんってピュアなのね」

明らかな挑発。

ここで頑《かたく》なに断ったら、意識していると判断される可能性がある。好意の表現には遠いが、ゲームにおいて不利になることは間違いない。

「……頂こうか」

帝は躊躇《ちゅうちょ》を振り払って、箸の先のオムレツを頬張《ほおば》った。

夢のようにやわらかくて、中から半熟の身が溢《あふ》れ出してくる。帝が今まで食べたどんなスイーツよりも甘い。どうしてこんなに甘いのかと不思議になるほどだ。

「どう？　食べられるかしら……？」

姫沙は不安そうに尋ねた。

「やはり食べられないものが入ってるのか！」

「入れてないわよ！　食べられる味かと聞いているの！」

「そうだな……うん、旨いぞ」

「良かった……」

心から安堵したように胸を押さえる。

——可愛い、だと……？

そんな姫沙の姿に、帝は戸惑う。

姫沙は弁当箱を抱え、帝の机に近づいてくる。

「で、できたら、他のも食べてくれないかしら？　北御門さんの感想を聞きたいの」

「俺は料理には詳しくないぞ。旨いか旨くないか、ぐらいしか言えない」

「それでいいから」

「後で莫大な料金を請求されたりしないよな……？」

「私のことを信頼しすぎよね⁉」

そう、帝は姫沙を南条家の後継者として正しく評価しているのだ。

だが、今回は特に罠《わな》が仕掛けられている感じではないし、姫沙の手料理は嬉しい。ありがたく食べさせて頂くことにする。

そのとき声が響いた。

「料理の感想なら、アタシに任せてよ！　マックとジョイフルで鍛えたアタシの舌にっ★　いただきまーすっ！」

嵐《あらし》のような勢いで突っ込んできたのは、姫沙によく似た少女。

弁当箱を奪い取ろうとする少女から、姫沙がとっさに飛び退く。さらに突撃してくる少女。

姫沙は弁当箱を頭上に掲げて叫ぶ。

「美月⁉　なんでここに⁉　どうして分かったの⁉」

「えー？　そりゃ分かるよー。なんかみんなでこそこそしてたしー。こんな面白《おもしろ》いことにアタシを混ぜないなんてずるいよー！」

少女はぴょんぴょん跳んで弁当箱を手に入れようとするが、姫沙は全力で守る。少女は頭にアイアンクローを喰《く》らっても怯《ひる》む様子もない。

「南条……？　そいつは……？」

突然の襲撃者に帝は困惑した。

「あ、北御門さん、この子は……」

言いかける姫沙。少女はピースサインを目元に添えて元気にポーズを取る。

「ちーす！　おねーちゃんの妹の、南条美月でーすっ！　帝くんとえっちなことをしたい中学二年生でーすっ！」

「はい……？」

本日、帝が耳を疑うのはこれで百度目くらいだった。

美月と名乗った少女は、姉の姫沙に負けず劣らず可憐《かれん》な容姿だ。

あどけない顔立ちと、悪戯《いたずら》っ子のように踊る瞳《ひとみ》。その瞳の奥には悪意のかけらもなく、きらきらと無邪気な輝きが溢れている。

薄い唇は蠱惑《こわく》的にくねり、まつげは西洋人形のように長い。

幼いツーサイドアップが可愛らしく、髪があちこちで跳ねている。

中等部の制服を着崩しているが、男に媚《こ》びているというより、面倒くさくて適当に羽織《はお》っているといった雰囲気だ。

「俺の空耳かな。今、変な言葉が聞こえた気がしたんだが……エッチがどうとか……」

「空耳じゃないよっ！　おねーちゃんが帝くんとえっちなことしたくないみたいだから、アタ

キャ

シがえっちなことするんだよっ！」

「なななにを言っているの⁉」

姫沙は美月を黙らせようと飛びかかった。美月は回避した。

「ねーねー、知ってる？　おねーちゃんってば、スマホに帝くんの写真をなんびゃ――」

「きゃあああああ！」

姫沙は美月を黙らせようと飛びかかった。美月は口を塞《ふさ》がれた。

「もごもご！　もごもごもごもごーっ！」

じたばた暴《あば》れる美月を姫沙が羽交い締めにする。

「ご、ごめんなさい、北御門さん。すぐにこの子は北極海に沈めるから……」

「いや、やめてやれ……本当に窒息死しそうだぞ」

美月は顔が充血してしまっているし、抵抗の仕方が本気だ。

「でも、これ以上しゃべらせるわけにはいかないし、穏便に済ませるには始末するしか……」

「始末する時点で穏便じゃないだろ！　いいから解放してやれ！」

目の前で後輩が抹殺されるのを見過ごすわけにはいかず、帝は姫沙から美月をもぎ取った。

美月は特にこたえた様子もなく、素早く帝の脇に逃げ込む。

「もー！　おねーちゃん、本気すぎー！　ちょっとした冗談なのにー！」

「冗談じゃ済まされないことも……世の中にはあるのよ……！」

姫沙は紅潮しきった顔で、ぜーはーと息を切らす。窒息しかけた美月よりも消耗している。

美月は帝の腕に摑《つか》まってはしゃぐ。

「わー！　本物の帝くんって、写真よりかっこいー！　いいな、いいなー！　アタシも帝くん欲しいなー！」

「欲しいって、俺は商品じゃないんだが……」

苦笑する帝だが、そう言われて不愉快ではない。

なにせ、美月の顔立ちは、姫沙を幼くして知能をゼロにしたような感じなのである。そして、南条家特有の妖《あや》しげな魅力もわずかに漂っている。

そんなミニチュア姫沙から素直な好意をぶつけられるのは、悪い気はしない。少しだけ、姫沙に好かれているような疑似体験ができる。

「あはっ、帝くん、照れてるー。かわいー！」

「可愛くはない」

「かわいーよー！　フライドポテトくらいかわいー！」

「フライドポテトは可愛いか⁉」

「かわいーよ！　フレンチビネガー味が特に可愛いよ！」

「味によって可愛さに違いが……？」

帝には理解できない域の話だった。

「もー、やばいよー。おねーちゃんの気持ち分かるー！」

「美月！　早く中等部に帰りなさい！　邪魔しないで！」

姫沙が美月を帝から引っ剝がした。

「えー？　中等部は遠いじゃーん。せっかくここまで来たんだから、アタシも遊びたいよー」

「遊びじゃないから！　真剣勝負だから！」

「じゃー、アタシも真剣勝負を見守りたいよー」

「あなたは見守るだけじゃなくて積極的に干渉してくるでしょ⁉」

「うん、そだね」

「はっきり認めた⁉」

言い争う南条姉妹。

傍目《はため》には美少女がじゃれ合っているようで愛らしい。

それを眺める帝だが、わずかに違和感を覚える。

――中等部が遠い……？　すぐ近くだよな……？

けれど、違和感の正体を確かめることもできないまま、昼休みは終わってしまった。

教師が歩き回る靴音を聞きながら、帝は英文法の問題に向き合う。

机の教本に目を通し、文章を要素に分解して、解答を導き出していく。予習は済ませているから難しくはないが、どんな勉学にも真摯《しんし》に取り組むのが北御門の流儀だ。

しかし、今日はノイズがある。

「帝くん。帝くん。ねえってば。相手してよー」

すぐそばに追加の椅子を並べ、美月が肩を擦り寄せてきているのだ。

その向こうでは、姫沙が人でも殺せそうな顔でこっちを睨《にら》んでいる。

帝は命の危険を覚えつつ、小声で美月に返す。

「相手って……お前も授業があるだろう。中等部の教室に戻れ」

「だいじょーぶだよ。どうせアタシ、バカだし。おばーちゃんからも期待されてないしー」

美月はあっけらかんと笑った。

――おばあちゃんというと……南条家の当主のことか。

幼い頃に社交場で見かけた強面《こわもて》の老婆を帝は思い出す。両親から『あれがお前の敵だ』と教えられ、まるで魔王を見るような気持ちで老婆を眺めたものだ。

「ね、それよりさ……」

美月は帝の耳元でささやく。

「帝くんって、おねーちゃんのこと、好きなんでしょ?」

「は⁉」

帝の心拍が停止した。

すぐさま心臓の活動を再開させ、姫沙の様子を窺う。姫沙は相変わらず鬼の形相《ぎょうそう》で睨んでいるだけで、こちらの会話が聞こえているようには見えない。

美月はさらに続ける。

「あはは、バレバレだよー。おねーちゃんもなんで気づかないのかよく分かんないけど、『こいはもーもく』ってやつなのかなー？」

「オレハスキジャナイ」

声がこわばりまくっていた。

できる限り早くこの場を離れたい思いでいっぱいだった。

「正直に言えないのは知ってるよ。そういうゲームだって、おばーちゃんもおねーちゃんも言ってたし。でもさ……」

美月は、にへっと笑った。

「帝くん、アタシのことも好きでしょ？」

「なにを……」

「分かるよー、なんかビビッと来ちゃったし。おねーちゃんの次くらいに、アタシのこと好みでしょ。だって、おねーちゃんに似てるから」

図星だった。それが恋心に変わるほどではないけれど、帝の本能に訴える容姿と空気と匂《にお》いが、妹の美月にはあった。

「トマトスープとケチャップは似ていても違う……」

「だいたい一緒でしょ！　似てたらいーじゃん。ピザにトマトスープかければいーじゃん！」

「それはベシャベシャになるな」

美月は帝の耳に唇が触れそうな距離でささやく。

「ね……、アタシなら、めんどくさくないよ？」

「めんどくさくないって、なんだ」

「次女だから、南条家を出ても大丈夫だし。おねーちゃんと違って、素直だし。帝くんのしたいこと、させてあげるし」

美月の体温が、帝に覆《おお》い被《かぶ》さってくる。椅子の上で脚のあいだに手を突く仕草がなまめかしい。白い太ももから、甘酸っぱい匂いが漂ってくる。

「帝くんはなにがしたい？　お願いしてくれれば、すぐに帝くんの恋人になって、お嫁さんにだってなれるよ？」

それは、安易な道への招きの言葉。

姫沙に似た美しい少女から誘われるのは、男冥利に尽きるものだが。

帝は深々と息を吐き、肩をすくめた。

「……俺は南条姫沙とゲームをしている。途中でゲームを降りたりはしない」

北御門家の男児、どんなときであろうと揺らぐことはない。揺らいではならない。

美月が目を丸くする。

「ふうん……一途なんだ。おねーちゃんって、いい好みしてるね」

ちょっと楽しげな声音《こわね》だった。

「それより、お前に訊きたいことがある」

「なあに？」

「お前は……どうして教室にいても先生から怒られない……？」

帝は美月を凝視した。

本来、中等部の生徒が授業中に高等部にいるのは許されない。たとえ南条家の影響力を使ったとしても、クラスの誰一人として文句を言わないのはおかしい。

美月は面白そうに笑った。

「ふふー、それはちょっと言えないかなー。さすがにおねーちゃんに殺されそうだしねー」

「やっぱり、なにか理由があるのか……？　朝からやけに違和感を感じるんだが……」

「えっとねー、ヒントくらいはあげてもいいけどー」

「頼む」

帝は食いついた。五里霧中の現状では、手がかりならなんでも欲しい。

「じゃあじゃあっ、交換条件！　帝くんの電話番号と、ラインのＩＤ教えて！」

「別に構わないが……」

「やたーっ！」

美月はガッツポーズを取るや、帝と自分のスマートフォンをいじり始めた。連絡先を交換するだけではなく、プロフィールや着信時のアイコンまで勝手に設定していく。

「ヒントはねー。この教室に一人だけ、おねーちゃんを褒めない人がいるよ。その人を見つけて、誰もいないところで話すといいんじゃないかな？」


姫沙を褒めない人間を見つけるのは簡単だった。

瓦屋木影《かわらやこかげ》。いつも帝をパパラッチのように追いかけ回す新聞部の女生徒だけが、姫沙に近寄ろうとさえしていなかったのだ。

しかも、他の生徒たちが楽しそうに学校生活を送っている中、木影だけが青い顔をしてこそこそ歩き回っている。

明らかに怪しい。

いや、他の生徒たちの方が百倍怪しいのだが、木影に限っては別種の怪しさがある。

普段はなるべく関《かか》わりたくない厄介な相手だが、今は仕方ない。

一時的な協力関係を結ぼうと、帝は木影の席に歩み寄った。

周りに警戒されないよう、さりげなく声をかける。

「瓦屋、ちょっと話があるんだが、来てもらってもいいか?」

「え……? う、うん? なんの話?」

なぜか木影は怯《おび》えている。

「たいした話じゃない。ほら、あの話だよ」

いいから空気を読んでついてこい、との思いを込め、帝は目配せした。

しかし、木影はきょとんと首を傾げる。

「あの話って……アマゾンの奥地に棲むと言われるモノマネ大好き原住民の話ですか?」

なんの話だよ! と帝は心の中で叫んだ。

とはいえ、ここで揉《も》めて時間を無駄にするわけにはいかない。昼休みは後半分しかないのだ。

適当に合わせて木影を連れ出すことにする。

「そうそう、原住民の話だ」

「あんまりあの話はしたくないので……ごめんなさい」

「俺もしたくはないが!」

「えっ、でも、帝くんの方から原住民の話を振ってきたんじゃないですか……」

「振ってはいない!」

「そうですよね、わたしも振るならフレンチビネガーの方が……」

「だからなんの話だ！」

いつまで経《た》っても埒《らち》があかなかった。

なにがなんでも一緒に行きたくないのか、はぐらされている感じがする。

「とにかく来い。お前に確かめたいことがある」

「は、はい……」

帝は木影のカメラを引っ張って出発した。カメラのベルトは木影の首にぶら下がっているし、大事な機材を盾に取られたら木影はついてくるしかない。

屋内は盗聴器が仕掛けられている可能性が高いので、帝は校舎を出た。

比較的安全な運動場まで移動すると、地面をならす金属製のトンボを一つ取り、木影にも一つ差し出す。

「ほら、瓦屋。お前もやれ」

「な、なにをやるんですか……？　わたし、ミステリーサークルを作るのはそこまで得意じゃなくて……」

「俺も得意ではない！」

木影は哀しそうに首を振る。

「でも、休み時間のうちに二人でミステリーサークルを作るなんて、素人《しろうと》じゃ無理ですよ……。半径五メートルのミステリーサークルなら、五人で一晩はかかりますし……」

「そういう情報は要らん！　ただぼんやりと運動場に二人でいたら、みんなに怪しまれるだろう？　ちょっとしたカモフラージュに、トンボがけしながら話すんだ」

「野球部でもないのに急にトンボがけを始める方が怪しいですけど……」

正論だった。

「それはそうだが……仕方ないだろう。他に運動場でやって不自然なことがない」

「かけっことかは？」

「全力疾走しながら話すのか？　つらいぞ」

「二人で綱引きしましょう。それなら移動距離が少ないですし」

「絵面がシュールすぎる」

「じゃあ、キャッチボールです」

「父と息子の交流になりそう」

結局、帝と木影はトンボを引きながら密談をすることになった。いざとなったら、野球部のクラスメイトに頼まれたなどと言い訳すれば誤魔化せないこともないだろう。

女子の腕力では鉄製のトンボはだいぶ重いのか、木影は悲鳴を上げながら歩いている。同情する帝だが、今はもっと大切なことがある。

「瓦屋……今日の学校に、なにか違和感はないか？」

「…………………っ！」

途端、木影の足がぴくりと止まった。

「やっぱりあるんだな。実は俺も――」

「ありません！」

「え」

「ありませんったらありませんっ！　違和感なんてありません！　今日の日本も平和ですし、わたしは善良で凡庸な一般市民です！　なにも分かりませんし気づきません！」

どう見ても挙動不審だった。滝の汗を流し、目はぐるぐるに回っていた。

自分と同じように思っていた者がいると分かり、帝は軽く安堵する。

「いや、違和感あるだろ。やたらとみんなが南条を褒めまくってるし……」

「だって姫沙ちゃんは素晴らしいお方ですから！　褒めるべき存在ですから！　わたしも褒めてますよ！　ええ、褒めてます！　わたしだけ地球人なんてことはありませんよ！　だからアブダクションだけは！　キャトルミューティレーションだけはー！　わたしはなにがなんでも地球にいたいんです！　だから、さらわないでー！」

木影はグラウンドで大の字になって泣き叫んだ。

「……どんなに抵抗しても拉致《らち》されるときは拉致されると思うぞ？」

「もう手遅れですかね⁉」

「手遅れというか、お前の予想しているような状況ではないはずだが……多分」

「違うんですか⁉　わたし以外のみんなが宇宙人に入れ代わられてるのでは⁉」

「どうして宇宙人になったら南条を褒めるんだ」

「だって地球人が南条さんを褒めるわけないじゃないですか！」

「意外とひどいなお前」

とはいえ実際、普段のクラスメイトならあそこまで姫沙に好意的ではない。

つまり、今回の件で怪しいのは姫沙だ。

彼女がなにか陰謀を企《たくら》んでいるのは間違いないが、さりとて姫沙を問い詰めても素直に話すわけがない。逆に警戒してガードが堅くなってしまうだろう。

「とりあえず、瓦屋が持っている情報を教えてほしい。みんなが南条を褒めまくっていることの他に、なにか気になることはないか？」

木影はグラウンドから起き上がり、制服の土埃を払う。

「気になること……。そういえば、わたし、今朝《けさ》も帝くんの送り迎えの車に忍び込んで、トランクに隠れていたんですが……」

「トランク⁉」

帝がぎょっとすると、木影は笑って手を振った。

「あ、そのことは気にしないでください。いつものことなので」

「気になるわ！　お前はいつも俺の後ろでなにをしてるんだ⁉　トランク⁉　え⁉」

本題とは関係なく暴かれる真実に、帝は寒気を覚える。

「ちょっとした情報収集の一環です。でも、今日はいつもとなにか違ったんですよね……トランクが少し狭くて、もう一人入ってる感じがしましたし……」

「死体⁉」

「あ、そのことは気にしないでください。特に問題なかったので」

「大ありだろ！」

「それより、問題は今日の運転です。いつもよりやけに運転が荒くて、何度もトランクの中で体をぶつけちゃったんですよー。まったく、トランクの中の人のことも考えてほしいです！」

木影は腕組みして口を尖らせた。

「普通は考えないと思うぞ……」

帝は呆《あき》れつつも、今の話には重要な手がかりが隠されている気がした。

「他には……？　なにか普段と違うことはなかったか……？」

「そーですねー、わたし、いつも教室の天井裏《てんじょう》に隠れて帝くんの様子を調べているんですが」

「ニンジャ⁉」

「今日はなぜか、天井裏に潜るための壁の穴が塞がれてたんです。いえ、塞がれていたというより、最初から壁に穴なんて空《あ》いてなかったみたいな感じで……」

木影は怪訝そうに眉を寄せた。

「ほう……」

帝は校舎を眺める。

名門、蒼世学園。

富裕層や名家の子息、才能に溢れた特待生が通う高校であり、時代がかった校舎は堂々たるたたずまいを魅せている。

見慣れた光景だし、特に普段と変わっているところはない。

しかし、木影のくれた情報は、なにかとんでもない事実を示しているように思えた。

「あ、あとですね……これは些細《ささい》なことかもしれないんですけど……」

木影が言いにくそうに切り出す。

「どうした？」

「実は……学校にわたしがもう一人いてですね……、あっ、全然たいしたことじゃないですよね！　気にしすぎですよね！」

「たいしたことだよ！　なんだそれ⁉　もう一人の瓦屋は今どこにいる⁉」

帝は身を乗り出した。

「そ、その……階段で遭ったとき、急に摑みかかってこられて足を滑らせたら、その子の方が床で頭を打って気絶しちゃって……。腐りそうなので今は家庭科室の冷蔵庫にしまってます」

「大丈夫か、それ……？」

クラスメイトが警察に連行されるのは避けたかった。相変わらず、混沌の召喚者は油断ならない。

とはいえ、二人も同じ顔の人間がいるという衝撃的な事実は、いろいろと考えさせられるものがあった。帝は集めたデータを元に幾つも仮定を組み立てていく。

「帝くんは？　姫沙ちゃんのこと以外に、違和感ってありましたか……？」

「ああ、あったぞ」

「なんですか？」

「匂いだ。今日の教室には、トニックの匂いがする」

「トニックって、お父さんが髪につける化粧品ですよね？」

帝はうなずく。

「そうだ。高校生の男子でトニックをつける奴《やつ》はいない。少なくとも、昨日までそんな匂いはしなかった。なにかがおかしい……」

木影は青ざめた。

「もしかして、男子高校生の脱毛率が急上昇しているんじゃ……」

「それはないだろう」

「ないですか……」

帝はうなずく。

「とりあえず、もっと情報を集めたい。瓦屋、スマホは使えるか?」

「スマホは使えますけど、電波は入らないです。昨日までは三本立ってたのに……」

木影は途方に暮れたようにスマートフォンを眺めた。

「俺もだ。GPSも使えない。ちょっと学校の外に出てみるか」

「か、勝手に出たら怒られますよ!」

「そうだろうな。でも、試してみたい」

「えっ……ええっ……」

戸惑う木影を連れて、帝はグラウンドを出た。

外庭に接して裏門があり、校外の車道と繋《つな》がっている。裏門のフェンスは閉じていた。帝は扉を開けようとするが、しっかりと南京錠がかかっていて開かない。

フェンスをよじ登って裏門を出ようとすると。

「北御門! なにをしている! 無断外出は禁止だぞ!」

担任の教師が、息急《せ》ききって駆けつけてきた。

帝は素直にフェンスから降りる。

「すみません、外に課題のプリントが飛んでいってしまったもので。すぐそこですし、ちょっと取って来てもいいですか?」

教師は怒鳴る。

「ダメだ！　規則は規則、お前ならよく分かっているだろう！　もう授業が始まるから、早く教室に戻りなさい！」

「……分かりました」

帝は木影と二人で校舎へと帰っていく。

木影はカメラを握り締めて縮み上がっている。

——なにがなんでも俺を外に出したくないみたいだな……。

そして、スマホも使えない。この学校は陸の孤島だ。

担任の視線が背中に刺さるのを感じながら、帝は今の状況について考えていた。


帝が教室に戻ると、美月がささやいた。

「どう？　帝くん、なにか分かった？」

「摑めてきた感じはある……だけど、まだ確実なことは分からないな」

「帝くんならきっと分かるよ。こんなとこでおねーちゃんに負けてもらっちゃ困るからね！」

「負けたら困る？　どういうことだ？」

「だって帝くんがおねーちゃんのモノになったら、アタシが帝くんとデートさせてもらえないかもでしょ？」

あっけらかんとした物言いに、帝は苦笑した。

「どっちにしろ、お前とデートは……」

「してもらうよ？　アタシ、帝くんのこと気に入っちゃったし。デートとかいうの、前からしてみたかったし！」

美月は無邪気に笑った。姫沙から毒を抜いて真《ま》っ直《す》ぐ育ったらこういう少女になるのかもしれない。とはいえ、毒がない姫沙など姫沙ではないのだけれど。

「ちょ、ちょっと……なにベタベタしてるの？　私の妹を誘惑しないでくれるかしら？」

姫沙がやきもきした様子で近づいてきた。

「きゃー、おねーちゃんにころされるー」

美月は可愛らしくウインクして帝から離れる。

「誘惑なんてしてないぞ」

「してるわ！　手当たり次第に女の子を漁ってるわ！　昼休みだって瓦屋さんと一緒にコソコソしてたし、なんなの？」

「ひっ……!?」

少し離れた席で、木影が肩を跳ねさせた。

「わ、わわわわわたしはコソコソしてませんよっ！　北御門さんと二人で運動場の整備をしていただけでっ！　グラウンドに足跡が一つでもあると気になるんです！」

「そんな潔癖症だったの？」

姫沙は柳眉を寄せた。

「は、はいっ！　ドアノブに自分の指紋が残るのも嫌でっ、人の家に行ったら必ず自分の指紋を全部拭き取るタイプなんですっ！」

「空き巣か！」

帝はできれば木影には黙っていてほしかった。

口裏合わせは、言葉が増えるほど矛盾《むじゅん》が出やすくなる。シンプルに済ませるのが一番だ。なにより混沌の召喚者たる瓦屋一族が余計なことをすると不確定要素が増えすぎる。

「だけど、二人でグラウンドの整備をする必要はないんじゃないかしら？」

姫沙は怪訝そうな顔をした。

帝は急いでフォローする。

「それはほら、女子だけでやるのは大変だろうと思ってな。俺も手伝ったんだ。瓦屋とは一度ちゃんとしゃべってみたかったし。な、瓦屋？」

「あ、はい！　帝くんとおしゃべりするの楽しかったです！　特にＮＡＳＡの話が！」

木影は慌てて話を合わせた。

むう……、と姫沙がほっぺたを膨《ふく》らませる。

「まったく、妹にも瓦屋さんにも節操なく近づいて……」

「節操ないわけじゃないが……」

「北御門さんは私とゲームをしているんだから……、他の子を相手にしないでよ。ちゃんと……私だけに攻撃してよ」

悲しそうな目だった。

嫉妬《しっと》というわけではないのだろうが、それでも帝は首筋が熱くなるのを感じる。

「心配するな。俺が見ているのはお前だけだ」

「そ、そうなんだ……」

姫沙は消え入るような声でつぶやいた。

自分の席に戻るや、読みかけの本を手に取る。

読書に集中し始めたらしく、帝の方には目もくれないが、その耳は赤く染まっていた。

六時限目は、数学の教師が姫沙の容姿の数学的美しさを褒め称《たた》えるだけで終わった。

確かに帝も姫沙の美貌については誰よりも認めているが、それを一時間使って語られると純粋に怖い。

しかも少しだけ、〈俺の審美眼に狂いはなかった……南条は日本一、いや、世界一美しい女だ……〉などと思ってしまう自分も怖い。

徐々に周囲の者たちに影響されているような、呑《の》まれているような、そんな底知れず不気味な感覚があるのだ。

帰りの挨拶を済ませた帝は、校庭で待つ北御門家の車へ向かうことなく、クラスメイトたちと雑談を楽しむこともなく、木影と二人で密《ひそ》かに教室を抜け出した。

「……帝くん？　どうして家に帰らないんですか？」

木影が隣を歩きながらささやく。

帝も廊下の生徒たちの視線に注意しつつ、小声で返した。

「このまま帰っても解決にはならない。南条の陰謀を暴いておかないと、また同じことを繰り返すだけだろうからな」

木影が目を見張る。

「陰謀⁉　まさかＮＡＳＡが――」

「宇宙関連ではない。南条の陰謀だって言ってるだろ」

「でも、宇宙人は本当にいるんですよ！　ＮＡＳＡもＣＩＡもそれを隠しているだけなんです！　実際、エリア51では度々――」

「その話はまた今度じっくり聞くから」

「うー……」

長くなりそうだったので帝が先手を打つと、木影は悔しそうに口をつぐんだ。情報屋一族の娘ではあるが、まだまだ怪しげな情報にも踊らされてしまう年頃《としごろ》らしい。

　木影は唇を尖らせる。

「……じゃあ、約束ですからね。今度、一日たっぷりＮＡＳＡの陰謀について聞いてもらいますからね」

「お、おう……」

「感想文も出してもらいますからね」

「四百字以内なら……」

　拷問を後回しにしただけではないのかと危ぶむ帝である。

　とはいえ、集中すべきは姫沙の陰謀だ。

「瓦屋がいつも監視に使ってる天井裏に行く方法ってないか？　できれば、俺たちの教室をこっそり観察したいんだが」

「観察？　なんのためですか？」

　木影が首を傾げた。

「俺たちがいないとき、他の奴らがなにをしているかを見たい。姫沙が奴らに指示を出すところとか、買収しているところとか、とにかく証拠を押さえたいんだ」

　確証があれば、姫沙を追い詰めることもできるだろう。

「なるほど……。壁の穴がないので簡単には潜り込めませんけど、穴を作れば入れますよ」

「よし。じゃあ、そこまで案内してくれ」

「はい！」

木影はうなずく。

連れて行かれたのは、帝たちの教室の真上、倉庫代わりに使われている空き教室だった。

地域で出土した土器や化石が、農家でミカンなどを運ぶためのプラスチックの籠に詰められ、ぎっしりと積み重ねられている。

——やっぱりだ。ここも匂いが違う。

いつもは古くてカビくさい匂いが溜《た》まっているのに、今日の匂いは清潔だった。

帝の中で、少しずつ陰謀の輪郭がはっきりしていく。

だが、まだ完全ではない。最後のピースを手に入れなければならない。

「普段は、ここの壁が壊れているので壁紙を剝《は》がして忍び込んでるんですけど……」

木影が指差した壁には亀裂もなく、継ぎ目もない。

「うーん、これくらいなら、なんとか壊せそうだな」

帝は集めておいた金鎚《かなづち》や鋸《のこぎり》などの工具を使い、できる限り音を立てないよう気をつけながら、壁に穴をこしらえた。

木影が小さく歓声を上げる。

「ありがとうございます！　これで、明日からもこっそり帝くんを監視できます！」

「俺にバレてる時点でこっそりでもなんでもないがな！」

「あ……今日のことは忘れてください！」

「忘れられるか！」

朝から違和感だらけの一日で、記憶喪失になるにはインパクトが強すぎた。

「中は結構入り組んでいるので、わたしが案内しますね！　ついてきてください！」

雄々しく言い放って木影は壁の穴に潜り込む。

帝は木影の後ろから穴に侵入した。

壁の中は狭苦しく、柱やコードが縦横無尽に張り巡らされていた。隙間《すきま》から差し込む外の光のお陰で辺りの様子は見えるが、身動きはしづらい。

木影を先頭に、一列になって壁裏を這《は》っていく。

必然的に、帝の視界を木影の小さな尻《しり》が占領するわけで。密閉空間では視線をそらすこともできず、目の前でふりふりと揺れるクラスメイトの下半身を見つめるしかない。

しかも木影は格好を気にする余裕がないのか、スカートがまくれ上がってしまっていた。太ももの裏の生白い肌と、乙女《おとめ》を守る薄っぺらい布が、さらけ出されている。

そんなものをずっと鼻先で揺らされていれば、いかに厳しい掟《おきて》の下で育ってきた北御門帝とはいえ、意識の混濁は避けられない。

「あっ、道を間違えました！」

「っっ⁉」

急に木影が止まり、帝の顔面が木影の尻に激突した。

なめらかな布に鼻が埋まって、甘い匂いが肺に流れ込んでくる。

「ひゃっ⁉　み、帝くん⁉　なにしてるんですかっ……そんなとこ触るのは痴漢ですよっ」

「お前がいきなり止まるからだろうが！」

「離れてくださいっ……くしゅぐったくてっ……だめっ……」

「だったらまず後ろに下がってくるのをやめろ！」

「こっちは行き止まりだったんですーっ！」

押し合いへし合いしながら道の分岐点まで戻るのに、かなりの時間を要した。

少し開けた場所まで来て、帝は呼吸を整える。

「くっ……スキャンダルだ……」

断腸の思いに、拳《こぶし》を固めた。

クラスメイトの女子の下半身、しかもパンツに顔面で触りまくるなんて、事実だけを並べたらセクハラ以外の何物でもない。もしこのネタを木影にうっかり漏らされたら、北御門家は淫猥一族の汚名を被ってしまう。

「それじゃ、行きましょう。こっちです！」

木影が移動を再開した。

「あ、ええとだな、瓦屋。今のことは、事故ということで内密にしてはくれないだろうか……不可抗力だったわけだし……」

「はい？　なんの話ですか？」

不思議そうに目を丸くする木影。

罪を認めていると受け取られないよう、帝は慎重に言葉を選ぶ。

「だから、さっきの、ぶつかったり揉み合《あ》ったりした件についてだ……」

木影は朗らかに笑った。

「あはは、気にしないでください。こんなに狭いんですから、あれは仕方ないですよ！」

「……女神か⁉」

「わたしの方こそ、お尻でぎゅうぎゅうしちゃってごめんなさい。苦しかったですよね」

「いや……大丈夫だが……」

むしろ極楽浄土に召されそうだった帝である。けれどそれを言ったら今度こそ怒られそうな気がするので、無駄な言葉は呑み込《こ》んでおく。

木影と帝は壁の隙間を這い進む。

「宇宙人のせいじゃなかったら、この学校はいったいどうなっちゃってるんでしょう……。やっぱり南条さんがなにかしようとしてるんでしょうか……？」

「恐らく、バンドワゴン効果を狙《ねら》ってるんじゃないかと思う」

「バンドワゴン効果……？　なんですかそれ？」

木影が帝の方を振り返ろうとして壁で頭を打った。

「人間って、周りの奴らの評価に流されるところがあるだろ？　本当はたいした料理じゃなくても、みんなが美味しい美味しい言ってたら美味しいと感じたりとか」

「確かに、そういうのはありますね」

「それがバンドワゴン効果だ。特に日本人は周りの意見に流されやすい」

情報系のテレビ番組で健康に良いと紹介された食品は、一瞬で店先から消える。主婦が殺到するからだ。

「その特性を利用して、学校中の奴らに南条を褒め称えさせることで、南条を素晴らしい人間だと感じるよう俺を洗脳しようとしてるんだろう。できることなら俺に南条を褒めさせようともしている」

「なんのためにそんなことを……？」

「それは……まあ、いろいろあるんだよ」

恋愛ゲームについて木影に明かすわけにはいかないので、帝はお茶を濁す。

「問題は、どうやって学校中の奴らを動かしてるかだな」

「やっぱり買収じゃないでしょうか」

「そう単純だったらいいんだが……相手は南条だからな」

やがて、二人は自分たちの教室の真上までやって来た。

音が出ないよう細心の注意を払い、帝がキリで天井の板に隙間を刻む。

細長い長方形のエリアを切り取ると、下に落ちないよう急いで拾い上げた。

二人は天井裏に並んで四つん這いになり、隙間から教室を覗き込む。

そこに見えたのは……。

妙にだらけた様子のクラスメイトたち。

「はあ〜、終わった終わったー」

「チーフ、帰りに飲みいかがですか。いい店を見つけたんですよ」

「気を抜くのはまだ早いぞ。ちゃんと対象が乗車したとの報告が入らないと、安心できない」

「メイクが崩れてる人は、今のうちに直しておいてくださーい！」

「うちの子が熱を出したみたいなんで、早退しても大丈夫でしょうか……？」

「ああ、一人ぐらいクラスメイトがいなくても、放課後だから問題ない」

「私は今月残業増やさないと厳しいから、いくらでも働きますよ！」

「部活動で校内に残る生徒が必要なときは、君に割り振っておこう」

とてもじゃないが、高校生の日常会話には聞こえない。

木影が震えた。

「な、な、な……なにが起きてるんですか……？　ドラマの収録ですか……？　わたしたち、テレビ番組の中にいるんですか……？」

「いや……違うな」

帝は首を振った。

「だったら、いったい……？　わたしたちの学校、どうなっちゃったんですか……？」

「これは俺たちの学校じゃないよ」

「え……」

木影は目を大きく瞬いた。

帝はこれまでに得た情報をまとめ、思考を巡らしていく。

「瓦屋……お前は、ビッグ・コンというものを知っているか？」

「コンは英語で詐欺って意味だったと思いますけど……。大きな詐欺？」

「そう。昔の詐欺師がやっていた大がかりな詐欺だ。ターゲットをハメるため、店を丸ごと借り切り、店員や客の役に大量のキャストを雇い、ターゲットの周りを詐欺師で埋め尽くして演技させる、なんてこともする」

「それと今の学校に、どんな関係が……？」

木影は首を傾げた。

二人の眼下では、クラスメイトたちが『休憩』を取っている。スポーツドリンクが差し入れされて配られる様子は、放課後の教室の光景ではない。

「恐らく……、この学校はセットだ。生徒や教師たちは全員、瓦屋が遭遇した偽者も含め、南条が用意したキャストだ。すべては俺を洗脳するための策略だ」

「学校全体がセット⁉　そんなまさか！」

「いや、南条家にはそれをやる財力も人脈もある。今朝に限って、俺は車の中で眠り込んでしまっていた。多分、催眠ガスを嗅《か》がされたんだろう。そのあいだに送迎の車がいつもとは違う学校に向かったんだ」

今日だけ電波の入らないスマートフォン。

絶対に校外へ逃がそうとしない担任教師。

やたらと姫沙を礼賛する生徒たち。

あらゆる要素が、帝の結論を裏付けてくれている。

「で、でも、学校全員のそっくりさんを用意するなんて無理ですよ……」

「そっくりさんは要らないさ。現代のメーキャップ技術は凄《すさ》まじいからな。瓦屋だって、今朝は送迎の車の運転が荒いと思ったんだろ？　運転手が入れ替わってるんだよ、きっとな」

木影が口を手の平で押さえた。その顔は血の気を失っている。

「早く逃げないと……。わたしたち、ちゃんと帰してもらえるんでしょうか」

「帰してはもらえるだろうな。そしてまた明日、この偽の学校に連れて来られる」

何日も何週間も、何ヶ月もバンドワゴン効果による洗脳を受け続ければ、さすがの帝も意識を侵食されてしまうだろう。

それが南条姫沙の思惑。

弱りきり、完全に惚れ込んだ帝を、全力で服従させるつもりに違いない。

「け、警察です！　警察に駆け込みましょう！」

木影は大急ぎで壁の入り口へと戻ろうとする。

「待て待て、そう慌てるな。もっと面白い選択肢がある」

「なんですか……？」

「今、南条は自分が絶対的優位にあると思い込んでいる。俺が自分の手の平の上で踊っていると思っている。つまり……今の南条の防御力はゼロだ！」

「ぼうぎょ、りょく……？」

「ああ。南条が油断しているこのチャンスを、逃す手はない」

わけが分からないといった様子の木影に、帝はにやりと笑った。


姫沙は玄関前の廊下で見つかった。

帝が探しに来たときには、廊下の掲示板に貼《は》り出された成績表を眺めていたが、恐らくそれも演技。帝がちゃんと送迎の車に乗り込むところを見届けるため待っていたのだろう。

姫沙の隣には美月も立っており、スマートフォンをいじっている。

「あら、北御門さん。まだ学校にいたのね」

姫沙はさりげない素振りで会釈《えしゃく》した。

だが、実際は帝が帰宅していないのは把握しているはずだ。ここに来るまでのあいだ、帝は幾つもの監視カメラが巧妙に隠されていることに気づいていた。

「ちょうど良かった。南条を探してたんだよ」

「なになにっ？　デートでもする⁉」

美月は小躍りして帝に駆け寄ってきた。

「いや、妹じゃなくて姉の方だ」

「えー？　アタシも南条だよ！　誤解させた責任取ってパフェ奢《おご》らなきゃだよー！」

「また今度な。今はちょっと忙しいんだ」

ゲームの邪魔をするなとの思いを込めて、帝は美月に目配せする。

「……ふうん、そっかぁ。絶対だからね！」

美月は意図を感じ取ったのか、素直に引き下がってくれた。

帝は姫沙に向き直り、ごくりと唾《つば》を呑んでから切り出す。

「それで……南条」

「は、はい」

改まった口調で話しかけられたせいか、姫沙が身構える。

「ちょっと悪いんだが……、これから時間は大丈夫か？」

「え、えっと……なんの用事かしら？」

「南条に伝えたいことがあるんだ。大事なことだから、二人だけで」

「そう……。じゃあ、西棟の空き教室にでも行きましょうか……」

抑えた声で告げ、帝に背中を向けて歩き出す姫沙。しかし、彼女の瞳に勝利の喜びが一瞬よぎったのを、帝は見逃さなかった。

きっと姫沙は、これから帝に告白されると思っているのだろう。自らの計略が成功して帝が洗脳されたと確信しているのだ。

廊下を進む足取りも、心なしかスキップ気味。鼻唄まで漏れている。

――いくらなんでも浮かれすぎだぞ、南条！　背中がガラ空きだ！

そんな子供っぽいところを覗かせる姫沙も可愛らしい。

もしこれがごく普通のクラスメイト同士で、本当に告白するだけなのだったら、それ以上に幸せなことはないし、もっとシンプルに物事が運ぶのだろう。

けれど、南条と北御門は宿敵だし、帝と姫沙は対戦相手だ。

そのことは変えようがないし、自分のできる方法で姫沙を手にするしかない。

決戦に臨む覚悟で、帝は空き教室に足を踏み入れる。

「ここで……いいわよね？」

「ああ、大丈夫だ」

「鍵は閉める？　邪魔が入らない方がいいだろうし……」

実際は学校中の生徒や教師がキャストなのだから邪魔など入るはずもないのだが、それを知っていることを姫沙に悟られては困る。

帝は飽くまで無知を装って答えた。

「一応、閉めておこうか」

「鍵穴に接着剤も詰めておくわね？」

「そこまでしなくていい」

当然のオプションのように訊いてくる姫沙が怖い。

教室の床には真新しい木材が張られ、ニスが艶《つや》めいていた。椅子と机が教室の端に寄せられ、空いたスペースに長い影を作っている。

廊下側の窓には、木影の頭が揺れている。

姫沙を自白させて証拠を摑むから、録音と写真を頼む……と言って、帝が木影に尾行してもらっているのだ。もちろん実際は、恋愛ゲームで勝つ瞬間を撮影してもらう目的である。

しかし、隠れ方がまずい。あれでは姫沙に勘付かれるかもしれない。

帝は姫沙が廊下を見ないよう、自分が校庭側の窓に移動することで視線を誘導する。

「それで……なんの話かしら、北御門さん」

姫沙はモジモジしながら尋ねた。視線は泳いでいるし、指はスカートを握り締めている。

――くそ……、この期《ご》に及《およ》んでも可愛いな……。

帝はついつい本気で告白しそうになってしまう心を引き締めた。我を失ったら、姫沙を陥落させるどころか自分が奈落の底まで落ちるだろう。

「実は……今日の俺はなにかおかしいんだ……」

帝は口調に戸惑いを滲《にじ》ませながら打ち明けた。

「おかしい……？　頭の中に誰かが直接話しかけてくる感じがするとか……？」

「そういうおかしさじゃない」

「まさか……腕の途中からキノコが生《は》えてきたとか……？」

「そういうおかしさでもない」

話しながら廊下の方を見やると、木影が空き教室から離れていくのが見えた。

――おい、どこに行くんだ……？

帝は怪訝に感じるが、あまり気にしている余裕はない。

ここから先は、慎重な発言が必要とされる。

好意を明確に表明することを避けつつ、姫沙に勝利を確信させて、ぽろっと好意の言葉がこぼれるように誘導しなければならないのだ。

難易度が高い挑戦ではあるが、成功したときのリターンは巨大。

帝は全神経を張り詰めさせて、ゆっくりと切り出す。

「その……、南条ってみんなに人気あるんだなって、今さら知ってな……」

「そ、そうね！　私は人気者だものね！　頭脳明晰、才色兼備の完璧超人だからね！」

などと胸を張りつつ、姫沙は微妙な表情だった。

なにせ、普段は人気者どころかまともに友人もいないのだ。ゲームのためとはいえ、金で雇ったスタッフたちにクラスメイトの顔で自分を褒め称えさせることには深い虚無感があることだろう。帝なら軍刀で自決する。

そんな姫沙の心情を察して切なくなりながらも、帝は攻撃の手を緩めない。

「改めて思ったんだ。南条はすごい奴だって。でも、ちょっと悔しいんだ。南条の良さに最初に気づいたのは、この俺なのにって」

「私の良さ……？」

姫沙はぴくっと身じろぎした。わずかに体を乗り出し、瞳孔は拡大。明らかに自分の評価ポイントを教えてもらいたがっている。

「ああ。完璧に見えて意外と詰めが甘いところとか、特に可愛い」

途端、姫沙の頬が紅潮した。

「わわわわわ私は詰めが甘くなんてないわよ！　いつだって完璧よ！　南条家の後継者を舐《な》

めないでほしいわ！　か、かわいくなんてないしっ！」

「いや、可愛い。冷静に見えてすぐ照れるところとか」

「照れてないっ！」

「照れてるだろ。顔が真っ赤《まっか》だぞ」

「真っ赤じゃない！　これは出血してるだけだから！　顔面大出血だから！」

両手で顔を隠す姫沙。

指のあいだから覗く瞳は涙ぐんでいて、耳は真紅《しんく》に染まっている。

可愛らしい反応に、帝は自分で攻めておきながら鼓動が速まるのを感じた。そもそも、惚れ込んだ女に可愛いと連呼するなんて、平常心ではやっていられない。

上ずりそうな声をコントロールし、姫沙の手首を捕らえて顔から離す。

「やっぱり赤くなってるじゃないか。こんな綺麗《きれい》な顔を隠すなんてもったいない」

「あ……う……」

姫沙はよろめくようにして窓に寄りかかった。恥ずかしくてたまらなさそうに唇を噛《か》み、視線を窓の外に逃がす。

「今日の北御門さん、本当におかしいわ……。効き目が強すぎたかしら……」

「効き目って？」

「な、なんでもないわっ」

姫沙は急いで首を振る。

帝は声を落とした。

「でも、あんまりにも南条が可愛すぎて、俺なんかじゃ釣り合わないんじゃないかと思ってな。ちょっと、へこんでた」

「え……」

「だって、そうだろう。クラスの奴らにもモテモテだし、超のつく美人だし、頭も切れるし……、もし俺が告白しても、相手にもされないんじゃないか?」

「そんなことないわ!」

姫沙は瞬時に返した。

「あるだろ。南条は俺のこと、なんとも思ってないんだからさ」

「そ、それは……えっと……もちろん、なんとも思ってないけどっ……」

「ほら、やっぱり」

「でもでもっ、北御門さんは大人より大人だし、とっても格好いいしっ!」

「格好いい……?」

彼女の口からそういう言葉を聞くのは初めてで、帝は思考を乱される。

——冷静になれ、冷静に……。まともに受け取ったら負ける……。

自分に言い聞かせる帝。

姫沙がまくし立てる。

「そのっ、私が格好いいと思ってるんじゃなくて一般論だけど！　女子の誰かが言ってただけだけど！　でも格好いいから、私に相手してもらえる可能性はゼロじゃないっていうか！　ルールだから私は応《こた》えなきゃいけないわけだし！」

「無理に応えさせたくはないんだ。南条にはちゃんと幸せになってほしいから、俺は身を引くしか……」

帝はつらそうにうつむいて、そばから立ち去ろうとした。

すると、姫沙が慌てて帝の腕を摑む。

「ま、待って！　無理なんかじゃないわ！　私は喜んで――」

かかった。

勝利の寸前で獲物に逃げられそうになって、姫沙の心に焦《あせ》りが生まれたのだろう。

焦りは軽率な発言を生む。綿密に策略を巡らす人間ほど、突発的な事態に弱い。

これでゲームクリアだと、帝が確信したとき。

頭上から、破砕音が鳴り響いた。

壮絶な悲鳴を上げて天井からなにかが墜落し、床に突き刺さる。

それは木影だった。床の穴に腰まで埋まり、呆然《ぼうぜん》としていた。

教室の空気が凍りつく。

「…………」

「…………」

「…………」

三者共に、身動きも取れない。

堪《た》えがたいまでの沈黙。形容することすら息苦しい居たたまれなさ。

木影がふるふると首を振った。

「……違うんです」

言い訳じみたつぶやき。

もはや弁解にすらなっていない。

あらゆる計算を掻き乱《みだ》す瓦屋一族のアホさを、帝は今ほど恨めしく思ったことはなかった。

「瓦屋……さん……？　体が……床に刺さってるわよ……？」

姫沙がかすれた声で教えてやった。

木影は必死に床の穴から出ようともがくが、這い上がれない。

「ごめんなさい、帝くん！　廊下からじゃ写真が上手《うま》く撮れなくて、音も拾いづらかったから天井に登ったら、板がすっぽ抜けちゃってっ！　ホントにごめんなさい！」

「お、おい……」

帝は冷や汗を掻いた。妙なことを口走られたら、姫沙にこちらの思惑がバレてしまう。

『いいから黙って廊下に出ておけ』という気持ちを込めて目配せするが、木影は『はい、この場は任せてください！』とでも言いたげに大きくうなずく。

――いや、任せてくださいじゃないんだよ！　瓦屋は撮影だけやってくれれば！

帝は必死に脳波を飛ばすが、残念ながら超能力など存在しない世界で脳波をキャッチしてもらえるわけもなく。

木影は無我夢中で床によじ登った。カメラから記録カードを取り出し、録音アプリを起動したスマートフォンと共に、姫沙へ突きつける。

「姫沙ちゃん！　この学校が偽物《にせもの》なのは、とっくに分かっています！　帝くんを拉致し、ついでにわたしを拉致した罪の証拠は、この中にあるんですよ！　観念してください！」

お前は拉致されたんじゃなくて勝手にトランクに入ってただけだろ！

と帝は内心で突っ込んだ。

「ふうん……なるほど……」

姫沙は帝と木影をゆっくりと見比べる。

まだ頬の火照《ほて》りは失せていないが、その瞳には普段の叡智《えいち》が戻ってきている。

「北御門さん、やるじゃない。私の計略を見破った上で、なにも気づいていないふりをして私をはめようとしていたのね……危うく引っかかるところだったわ」

帝は落胆しつつも、どうにか判定で勝利にねじ込もうとする。

「今のは引っかかってたよな？　『私は喜んで北御門さんと付き合いたい』って言いかけてたよな？　つまりゲームは俺の勝ちだよな？」

姫沙は腕組みする。

「は、はあ⁉　そんなこと言おうとしてないわ！　『私は喜んで北御門さんを殺したい』って言いかけてたのよ！」

「怖いわ！　なんであの流れで俺を殺そうとするんだよ！」

「いいじゃない、その辺は人それぞれなんだから、個人の自由で！」

「よくない！　日本はそこまで自由な国じゃない！」

帝は開拓者時代のアメリカ西部に来た覚えはなかった。

姫沙は帝の鼻先に指を突きつける。

「北御門さんこそ、私に自分が釣り合わないってへこんでたわよね⁉　つまり私のことを好きだって言っちゃったのと同じよね⁉」

「まったく違う！　俺は一言も『好き』だなんて言ってないからな！」

「屁理屈《へりくつ》だわ！」

「どっちがだ！」

「さっさと認めて楽になりなさいよ！」

「誰がなるか！」

至近距離で睨み合う、姫沙と帝。さっきまで恋人じみたことをささやき合って加熱していただけに、あいだで飛び散る怒りの火花も激しい。

木影はおろおろして止めに入る。

「あ、あのー、痴話喧嘩はもうやめてくださあい……」

「痴話喧嘩じゃないわ！」『痴話喧嘩じゃない！」

「ひいっ⁉」

南北から同時に睨まれ、木影は縮み上がった。


偽物の学校から帰宅する、リムジンの中。

「もう少しだったのに……あと一歩で、北御門さんを籠絡できたのに……」

姫沙は窓辺に頬杖《ほおづえ》を突いて嘆息した。

「惜しかったねー！　でも、おねーちゃんは頑張った！　頑張ったよ！」

広々とした車内には、妹の美月も座っている。相変わらず呑気《のんき》にスマートフォンをいじり、時折にまにまと頬を緩めている。

「美月は楽しそうね……」

「んー？　もちろん楽しいよ！　新しいフレンドもできたし！」

「それは良かったわね……」

新しいフレンドが誰なのか、姫沙は少し気になったが、今は追及する気力もない。

車窓に映る夜景は眩くきらめいているけれど、姫沙の心はどんよりと曇っている。

「どうして失敗したのかしら……。まさか、美月が北御門さんに余計なことを教えたりはしていないわよね？」

姫沙は美月に目をやった。

「ま、まさか〜。アタシがそんなことするわけないじゃーん」

「そうよね……。美月もまだ生きていたいものね……」

「そーそー！　まだガチャで出てないキャラたくさんいるし！」

なぜか美月は姫沙から一番離れた席まで腰をずらす。

「じゃあ……、いったいなにが原因かしら……？」

謎は深まるばかりである。

「そ、そんなことよりさ！　別に今日は一日ムダだったってわけじゃないじゃん！　ほら、帝くんってば、おねーちゃんのこと可愛いって言ってくれたんでしょ？」

「………………っ!!」

改めて指摘されると、姫沙は顔が熱くて爆発《ばくはつ》しそうになる。

あの帝から、何度も可愛いと言われて。綺麗だなんてまで褒められて。

たとえそれが彼の作戦だったとしても、響きだけで嬉しい。百年は長生きできる。

「あー、おねーちゃん、真っ赤になったー」

からかうように笑う美月。

「ち、違うの……あれは……たぶん、本気で言われたわけじゃなくて……」

姫沙は羞恥に悶えながら、華奢《きゃしゃ》な体を縮こまらせた。

「そっかなー？　結構本気じゃないのかなー？」

「な、ないわよ……ぜったい……」

けれど、まったくないとは思いたくないのが乙女心だった。


欠席届も出さずに偽物の学校に行っていた帝たち三人は、本物の学校でサボりとみなされ、罰として資料室の掃除を命じられた。

「北御門の人間が罰当番など……スキャンダルだ……」

一生の不覚に頭を抱える帝。

「いいから早く終わらせましょう。こんな単純労働、南条の人間がやるものではないわ」

教卓の上で傲岸不遜《ごうがんふそん》に脚を組んでいる姫沙。

「ううっ……どうしてわたしまでぇ……」

しくしく泣きながら窓を拭く木影。

「早く終わらせたいなら、南条も働け！　さっきから座ってるだけだろ！」

「あら、頭脳担当にとっては、指示を出すことが仕事なのよ？」

「掃除に頭脳は要らん！　手を動かせ！」

「仕方ないわね……」

姫沙は頬を膨らませて教卓を降り、ホウキで床を掃《は》き始めた。

しかし、ホコリをまったく捕らえられていないし、少しも綺麗になっていかない。細かい塵が空中に舞い上がるばかりだ。

「どうしてこのホコリは私の命令に従わないの……!?」

「ホコリに怒るな。こうやって掃くんだよ」

帝は姫沙からホウキを取り上げて、手本を見せる。

姫沙は大人しくその様子をじーっと眺める。

北御門は名家でも修練の一環として掃除を行うが、南条家の令嬢にとって下々の労働など理解の範疇を超えているのだろう。

「あの……、北御門さん。ちょっと、聞いておきたいことがあるんだけど……」

姫沙がきまり悪そうに切り出した。

「なんだ？」

「この前の、偽物の学校で私に逆襲しようとしていたとき……、あなたが言ったことはどこまで本心だったの？」

「え……？」

帝は掃除の手を止めて姫沙を見やった。

姫沙は耳を赤くして、視線を泳がせる。

「ほ、ほら、あのとき、私のこと……、か、可愛いとか言ってたじゃない。あれも作戦だったの？　それとも……」

「教えない」

二度も三度もあんなストレートな気持ちを言えるほど、帝は器用な人間ではなかった。

あの日は姫沙にゲームで勝つため夢中だったのだ。

だが、あれからというもの、自分が発してしまったキザな台詞《せりふ》を思い出す度に恥辱で死にそうになっていたレベルである。

「も、もう！　教えてよ！」

「断る。掃除に集中しないと、いつまで経っても終わらないぞ」

「お願い！　これはゲームの勝敗とは関係ないから！」

「無理。もう覚えていない」

帝は断固として首を振った。

「意地悪しないでよ！　お金なら払うから！　いちおく！」

「一億も要らん！」

「言わないと自白剤を打つから！」

「打たれても言わん！」

「気になるの！　ねえ、ねえ！」

くいくいと必死に帝の袖《そで》を引っ張る姫沙。

その姿が可愛らしくて、もっとお願いされていたくて。

帝は決して口を割ることはなかった。

放課後の廊下では、生徒たちが束の間の休息を楽しんでいた。

蒼世《そうせい》学園は名家の子息が多く、堅苦しい家風を嫌って校内に居座りたがる。結果として部活動が盛んだったり、委員会に情熱を燃やしたりするから、放課後の校舎は賑《にぎ》やかだ。

姫沙《きさ》が帝《みかど》の隣を歩きながら言う。

「あら、奇遇ね、北御門《きたみかど》さん。私と帰り道が同じだなんて」

「玄関が同じだからな！」

「わざわざ私と同じ帰り道を選ぶなんて、これは私への好意を示していると判断してもいいんじゃないかしら。つまりゲームは私の勝ちよね？」

「玄関が同じだと言ってるだろ！」

一見、変な難癖をつけられているだけのようにも思えるが、姫沙がそんな単純な攻撃をしてくるわけもない。数段重ねの追撃が用意されているものと考えて帝は警戒する。

「やほー！　帝くんお帰りー！」

二人が玄関までやって来ると、明るい声が響いた。

中等部の制服に身を包んだ美月《みづき》が、学生鞄《かばん》をぶんぶん振り回しながら笑っている。高等部の生徒たちからは物珍しそうに注目されているが、気にする素《そ》振《ぶ》りもない。

「お帰りって……今から帰るんだけどな」

「細かいことは言いっこなし！　おねーちゃんと帝くんが一緒に帰ってきたということは……あれだよね⁉　二人はついに付き合い始めたんだよね⁉」

「始めてない！」

帝はすぐさま否定《ひてい》するが、美月は人の話を聞いていない。

「これはあれだよね……今から三人でうちに帰って遊ぶ流れだよね⁉」

「えっ、そうだったの？　どうしようかしら……まだ心の準備が……」

姫沙はどぎまぎと視線をそらす。

「いや、そういう流れでもないからな。南条《なんじょう》家に俺《おれ》が行くところなんて見られたら、両家とも大騒ぎになるだろうが」

「そこは帝くんが女装すれば、うちに来ても不自然じゃないよ！」

「俺の見た目が不自然になるわ！　どう考えても似合わんだろ！」

「いやいやー、絶対似合うよー。おねーちゃんも見てみたいよね、帝くんの女装！」

美月が尋ねると、姫沙は悪魔のような笑みでうなずいた。

「そうね……（北御門さんが女装して屈辱に悶《もだ》えているところを）見てみたいわ」

「最近、妙に南条の心の声が聞こえるようになったんだが……幻聴かな……」

「効き目抜群の（薬で北御門さんを洗脳してくれる）医者を紹介しましょうか？」

「やっぱり聞こえる！」

いずれにしろ、敵の巣窟《そうくつ》である南条家に乗り込むなんて愚かなこと、帝がするはずもない。拉致《らち》監禁されても文句は言えないし、そうでなくとも四面楚歌の戦場なのだ。

美月はあどけない唇に指をくわえる。

「んー、じゃあ、うちじゃなかったらいいんでしょ？　三人でジョイフル行こーよ、ジョイフル！　ドリンクバーだけで真夜中まで粘ろうよ！」

「美月……あなたには南条の誇りというものはないのかしら……？」

日本屈指の富豪の娘として、姫沙が異論を申し立てる。

「いいじゃん、ジョイフル！　アタシ、ウーロン茶とコーヒーと緑茶をミックスしてオリジナルブレンドのジュース作るの好きだよ？」

「それはジュースの要素が一つも入っていないわよね？」

「気持ちだけ入ってるよー」

「物理的には入ってないわよね」

「大切なのは心だよー」

議論する南条姉妹《しまい》を尻目《しりめ》に、帝はロッカーから取り出した靴を履《は》く。

ファミリーレストランという場は未経験だし、姫沙と食事をする機会には大変惹《ひ》かれるのだけれど……、そうもいかないのだ。

「悪いが、今日は時間がない。ちょっと買い物に行かないといけないんでな」

「ショッピングなら、アタシもついて行くよ？」

「わ、私も行ってあげて構わないわ」

「いや、家の者と行くんだ。別に楽しくもない買い物だし」

むしろ、気が重い。

週末に許嫁《いいなずけ》との顔合わせがあるから、そのときに着る服を買わなければならないのだ。好きでもない女と結婚する準備を進めるのは苦痛だった。

だが、今のところはこれまで通り、当主の命令に従うしかない。恋愛ゲームの決着がついて姫沙を北御門家に取り込む用意ができるまで、従順な後継者でいなければならないのだ。

「買い物？　なにを買うのかしら？」

「しっ、おねーちゃん、それは聞いちゃダメだよ！　きっとえっちな買い物だから！」

「なるほど……軽蔑《けいべつ》するわ、北御門さん」

姫沙はゴミを見るような目で帝を見た。

「勝手に軽蔑するな！　というかエッチな買い物ってなんだ⁉」

美月が首を傾いで考える。

「女の子のパンツ一年分とか？」

「一年分って何枚だ！」

「帝くんは一日五枚のパンツがないと生きていけないから、千八百枚は要るね」

「そんなにパンツが欲しいだなんて……軽蔑するわ、北御門さん」

「欲しいとは一言も言っていないよな！」

パンツ中毒者扱いされるのは嫌だが、帝は本当の用事を教えられない。買い物の内容を知られれば、許嫁との顔合わせがあることもバレる。

姫沙が邪魔しないわけがない。全力で策略を巡らし、顔合わせを潰《つぶ》しに来るだろう。

許嫁と結婚はしたくない帝だが、無駄なトラブルは困る。姫沙と南条家の面々がぶつかれば、お互いに大きな被害が出る。

「とにかく……、車を待たせてるし、俺はもう帰るよ」

「えー。帝くんのケチー。かいしょーなしー！　どりんくばー！」

「最後の悪口は分からん」

特に意味はなさそうだった。

「またね、北御門さん。楽しい週末になるといいわね」

姫沙はにっこりと微笑んだ。

竹林の奥、静謐《せいひつ》に包まれた空間に、料亭『白龍《はくりゅう》』はたたずんでいる。

選りすぐりの素材と、名匠の腕が生んだ最高級の日本料理。

そして美しい仲居でもてなす白龍は、政財界の有力者たちの寵愛を受け、時代を変える密談の場として度々重用されてきた。

そんな料亭の一室、飾り気を排した重厚な座敷で、帝は両親と共に座っている。

「本日はご多忙な中、こうして静川《しずかわ》様においでいただき、誠に感謝申し上げる」

北御門家の当主——帝の父親が、深々と礼をする。

漆塗《うるしぬ》りのテーブルを挟んで一列に座っているのは、静川財閥の当主、妻、娘の三人だ。

静川家の当主が笑みを浮かべる。

「いえ、この日を長らく待ち望んでおりましたからな。両家の合体は、必ずや日本に在りし日の栄光を取り戻させ、世界を導く頑強な国へと変えることでしょう」

政略結婚。

恋愛禁止を掟《おきて》とする北御門家において、政治的な理由以外の結婚は行われた試しがないが、とりわけ今回の縁組みは大きな意味を持っていた。

静川財閥は、鉄道、自動車、新聞など、堅実な事業を好み、日本の隅々まで影響力を浸透させている。総資産は国家予算を遙《はる》かに超える。

財界の巨人である静川財閥と、政界の雄たる北御門家。両家が縁組みによって結びつけば、有無を言わさぬ改革、いや国家の大改造を日本にもたらすことができるのである。

「……ご無沙汰《ぶさた》しております。北御門帝です」

帝は静川家の三人に頭を下げた。

古くから協力関係を交わしている両家のこと、政財界のパーティなどで何度か挨拶《あいさつ》はしている。最近はまともに話していないが、幼い頃は静川家の娘と遊んだこともあった。

ゲームで姫沙と闘っている現状で、縁談などしている場合ではないが、それを両親に言うわけにはいかない。しばらくは模範的な北御門家の男児を演じなければならないのだ。

「お義父様、お義母様、帝様。静川凛花《りんか》と申します。どうかよろしくお願いいたします」

凛花と名乗った少女が、しずしずとお辞儀する。

それは、大和撫子《やまとなでしこ》を具現化したような少女だった。

腰まで伸ばした髪は見事な漆黒《しっこく》で、乱れの一つもなく艶《つや》を放っている。

涼しげな瞳《ひとみ》に、美しい眉《まゆ》。

たおやかな体を着物に包み、控えめな微笑をたたえている。

髪の隙間《すきま》から覗《のぞ》くほっそりとした首筋も、しとやかな指も、透き通るほどに白い。

悪戯《いたずら》好きの悪魔を思わせる姫沙とは対照的に、凛花は高天原《たかまがはら》から降臨した天女を彷彿《ほうふつ》とさせた。姫沙と甲乙つけがたい美貌は、まさに完璧《かんぺき》な芸術品だ。

北御門家の当主が尋ねる。

「凛花さんは、うちの帝と同い年だったね。学校はどちらへ?」

「白瀬《しらせ》女子学院です」

名家の娘ばかりが通う、日本有数の由緒正しい女子校だ。教員や作業員を含め、すべての構成員が女で、生徒たちは男から完全に隔離されて培養される。

時にリベラル派から『花嫁学校』と呼ばれ、非難されることもあるが、卒業生の需要は極《きわ》めて高い。白瀬女子学院の在校生というだけで箔がつくため、良縁を望む親たちはこぞって娘を白瀬女子学院に通わせたがる。

伝統的な価値観を重んじる北御門家の当主は、満足げにうなずいた。

「白瀬か。ならば安心だ。趣味はなにかあるのかね?」

「琴と華道を少したしなんでおります」

凛花の慎ましげな返事に、当主が眉を上げる。

「ほう。いつか我が家で演奏してもらいたいところだな」

「皆様にお聞かせできるようなものではございませんわ。ほんの手習い程度ですもの」

謙遜《けんそん》する凛花。

その受け答えのすべてが、模範的で、いかにも理想的な花嫁で。

当たり障りのないことばかりを口にする許嫁に、帝は早くもあくびが出そうになる。

「帝さんは、北御門を継いだら日本をどうするつもりですか？」

今度は静川家の当主——数百の企業と数十万の従業員を束ねる男が、帝に質問した。

帝は真《ま》っ直《す》ぐに静川家の当主を見据えて語る。

「まずは、無能な人間を政治からも行政からも排除します。既得権益にしがみつく老人たちには、充分な金を与えて舞台から消えてもらいます。行うべきは徹底的な浄化です」

「まるで粛清《しゅくせい》ですね」

「今の日本はフットワークが重すぎますから。最初にお荷物を清算しておかなければいけません。そうしてからようやく、本当の変革が実現できるのです」

「なるほど……もしその老人たちが、私や、あなたのお父様だったら……どうしますかな？」

静川家の当主は試すように問いかけた。

彼は微笑んでいたが、双眸《そうぼう》は決して笑っていない。

生半可な答えをしたら潰すぞ小僧、くらいの威圧感が漂っている。

帝の両親を含め、その場の全員が帝に注目していた。仲居が料理を運ぶため部屋に入ってくるが、辺りに漂う空気に体を凍りつかせる。

帝は一笑に付した。

「もちろん排除します。国家の未来のためには、身内に情けをかける余裕はありません」

静川の当主は頬《ほお》を緩《ゆる》めた。

「さすがは北御門様の後継者だ。それでこそ、祖国を任せるに足るというもの」

「ふふ、我が家の掟に沿って厳しく鍛えているからな」

帝の父親が笑う。

「素晴らしいですわ、帝様。わたくしも妻として、帝様のご活躍を陰から力の限りお支えしたいです」

凛花は両手を合わせて上品に微笑んだ。

静川家の当主夫妻も、帝の両親も、上機嫌でうなずいている。

外からは水のせせらぎが聞こえ、ときおり美しい鳥の声が響いている。

退屈だ、と帝は思った。

この場が、この空気が、そして強制的にあてがわれた許嫁が。

凛花が悪い人間ではないのは分かるのだが、しかし、帝はどうしても姫沙と比べてしまうのだ。あの刺激に満ちた……というより刺激しかない悪魔のような少女と。

姫沙なら『陰から帝を支えたい』とは絶対に言わない。

むしろ『陰から操《あやつ》りたい』と言う。

趣味はなにかと聞かれたら『謀略を巡らすこと』と誇らしげに答えるだろうし、楽器を演奏しろと言われたら堂々と演奏し、皆の拍手喝采《かっさい》を受けて真《ま》っ赤《か》になるだろう。

闇《やみ》の南条一族に生まれながら、華々しい輝きを持った乙女《おとめ》——それが姫沙だ。

「帝、どうした？　そんなぼうっとしていたら、静川様に失礼だろう」

「……あ、すみません」

父親から咎《とが》められ、帝は姫沙の姿を脳裏《のうり》から追い払った。

母親は口元を手の平で覆《おお》って笑う。

「ふふ、凛花さんがあまりにもお綺麗《きれい》だから、ぼんやりしてしまったのでしょう」

「ま、まあ、そんな感じだ」

帝は誤魔化した。他《ほか》の女のことを考えていたなんて、口が裂けても言えない。

「光栄ですわ、帝様」

凛花はそっと目を伏せた。

「はっはっはっ、似合いの二人じゃないか。我々の目は間違っていなかったということだな」

「本当に。凛花さんがうちのお嫁さんに来る日が楽しみですね」

両親はご満悦だ。

けれど、帝は楽しみにするどころではない。

恋愛禁止の掟がスキャンダルを防ぐためのものであることは理解しているし、色恋が危険だというのは重々承知しているのだが……、感情が言うことを聞かないのだ。姫沙以外の女の子との未来を、喜ぶことはできないのだ。

父親が一座を見回して咳払《せきばら》いする。

「今日はお互いのことをよく知り合えるよう、二人で散歩でもしてくるといい。帝、しっかりと凛花さんを引っ張っていくんだぞ」

「……ああ」

「お願いいたします、帝様」

北御門の当主に命じられ、帝と凛花は座敷を出た。


料亭から徒歩で移動できる距離に、広々とした公園があった。

申し訳程度に住宅地の片隅に造られる公園モドキとは違い、東西何キロにもわたる森林を擁する公園だ。

園内には、池あり、広場あり、グラウンドあり、花畑あり、小さな動物園なんてものまで併設されていて、売店やレストランも充実している。

その並木道を、帝は許嫁の凛花と二人でそぞろ歩いた。

考えてみれば女の子とデート紛《まが》いのことをするのは初めてなのだけれど、お仕着せの少女が相手では心も弾《はず》まない。

――二時間はかけないと、父さんたちも静川家も納得しないだろうな……。最低でも残り、一時間四十八分か……。

なんて、失礼ながらノルマを計算してしまったりする。

帝とて、苦行の二時間を過ごすのは嫌だから話題を振ってみたりはするのだが。

「凛花さんは、アウトドアとかは好きですか」

「はい」

「どんなところに行くのが好きなんですか？」

「いろいろ、ですわ」

「いろいろ」

「はい」

「…………」

「…………」

さっきからこんな感じで、まともに話が続かない。

凛花は自分からネタを振ってこないし、ずっとうつむいている。許嫁に嫌われているのではないかと思う帝である。

——まあ、仕方ないよな。

凛花にとっても、この縁組みは親から決められたものなのだ。そんな相手が好みのはずもないし、他に好きな人がいる可能性だってある。

名家の令嬢である以上、感情を捨てて政略結婚に殉じなければならないということは承知しているだろうが、心は躍るわけがない。

帝はため息をついた。

すると、凛花がかすれた声でささやく。

「ご、ごめんなさい……。退屈、ですわよね……」

「いや、そういうわけじゃないですが……」

デート中にため息を漏《も》らすなんて、相手に失礼だ。帝は急いで訂正した。

「わたくし……、緊張してしまって……。なにを話したらいいのか分からないんですの……。

帝様にお会いできる日を、ずっと楽しみにしておりましたから……」

「楽しみ……？　親が決めた縁談がですか？」

「楽しみにしては、だめでしょうか……？」

凛花はまつげを震わせて帝を見上げた。細い手がきゅっと握り締められている。

こんな素直さが姫沙にもあれば……、と願わずにはいられない帝である。

「ええと……楽しみにしてもらえるのは、嬉《うれ》しいんですが……」

最近はたいした接点もなかった凛花にどうしてそう思われているのか、不可解だった。

「…………？」

凛花は柳のような首を傾げる。

幼い頃は彼女とパーティーでよくつるんでいた気もするが、帝の中でそれも遠く淡い記憶になっている。当時の弱々しい童女の面影《おもかげ》はなく、今の凛花は見事に花開いていた。

「帝様は、お嫌でしたか……？　この縁談」

「いえ、嫌というわけでは」

「嘘《うそ》ですわ」

凛花は子供の嘘を咎めるように言った。

「帝様、今日は上《うわ》の空ですもの。ちっともわたくしを見ていらっしゃいませんわ」

「それは……」

鋭い。これが女の勘というものだろうかと、帝は脅威を覚える。

「好きな人……いらっしゃるんですのね」

言葉に詰まる帝を、凛花は包み込むように微笑む。

「無理に答えてほしいとは思いませんわ。帝様のお気持ちもございますから。でも……、わたくしは今日の日取りが決まったときから、楽しみで仕方ありませんでしたわ」

「すみません……」

帝は罪悪感を覚えた。

親のお仕着せとはいえ、相手はとても良い子だ。

自分の感情を偽ることはできないが、せっかく楽しみにしてくれていたのなら、ちゃんと楽しませてやりたい。生真面目《きまじめ》な帝は責任を感じてしまう。

スマートフォンで公園のマップを確かめ、凛花に提案する。

「……とりあえず、広場の方に行ってみましょうか。大きな花畑があるみたいですし」

「はい……」

凛花はしきりに後ろを気にしながら答えた。

「どうしたんですか?」

「さっきから、誰《だれ》かに尾行されている感じがしますの……」

「尾行……?」

帝が凛花の視線をたどると、揺れる茂みが見えた。茂みの隙間から覗いているのは、カメラのレンズ、溢《あふ》れんばかりの胸、お馴染《なじ》みの抜け目ない瞳。

——またお前か、瓦屋!

帝は内心で叫んだ。

車のトランクに忍び込むほどの根性を持った情報屋の卵だから、理解できない行為ではないが、それにしてもエネルギッシュすぎる。

「まあ、特に問題はないんじゃないでしょうか、あれは……」

姫沙とデートしている現場ならともかく、許嫁と歩いている証拠を摑《つか》まれても、帝は困らない。北御門家と静川家にとっても、逆に公表してくれて構わない情報だろう。

「問題、ないのですかしら……」

「よく俺の後をつけている犯罪者です。盗撮、覗き見、盗聴、ストーキング、なんでも来いですけど、特に実害はないですよ」

酷い言いようだった。しかしまったく嘘ではないのが木影の怖いところだった。

「それだけされて実害がないんですの？　帝様はお優しすぎます。警察を呼びましょう」

「い、いや、あんまり大事《おおごと》にするのもどうかな……」

一応クラスメイトですし、との言葉を帝は呑《の》み込《こ》んだ。どんな異常なクラス環境だと思われる危険性がある。

「本当に大丈夫でしょうか……」

凛花は顔を青ざめさせている。

不審者の百倍は怖い南条姉妹とは異なり、普通の女の子、とりわけ女子校育ちの箱入り娘にとっては、今の状況は不安に駆られるものなのかもしれない。

「じゃあちょっと、逃げましょうか」

「え」

帝は戸惑う凛花の手首を摑み、歩く速度を速める。

木影は慌てて追いかけてこようとするが、茂みにカメラのベルトが引っかかってしまい、なかなか身動きが取れない。

「あ、あのっ、帝様っ……」

「いいから、こっちです」

帝は凛花を連れて建物の陰に入り込み、じっと身を潜めた。

凛花は帝に手首を握られたまま、凍りついたように硬直して息を殺している。

「わーん！ 帝くんどこ行ったんですかー！」

髪に木の枝が刺さった木影が、カメラを抱えて表通りを走っていく。茂みから無理やり抜け出したせいでブラウスは肩までずれ、ボタンは外れて素肌が覗き、惨憺《さんたん》たる有様《ありさま》だ。

「ママー！ 痴女がいる！ 痴女がいるよー！」「ダメよ指差しちゃ！ 飛びかかってくるかもしれないでしょ！」

なんて、母娘《おやこ》連れから言われてしまっている。

木影の背中が遠ざかってようやく、帝は凛花と共に建物の陰を出た。

「どきどきしました……」

凛花は胸を押さえて息をついた。

「すみません、急に腕を掴んで」

「い、いえっ！ わたくしは全然っ！」

凛花はすぐさま首を振った。

「むしろ、殿方にリードされるのは初めてで……それも帝様にリードしていただけるなんて……、息が止まるかと思いましたわ。悪い意味ではなく」

「そ、そうですか……」

「はい……嬉しかった、です……」

恥ずかしそうにささやく着物姿の彼女は、まさに大和撫子そのもの。頬は淡く上気している。

不覚ながら、帝は自分までどぎまぎするのを感じる。

「帝様は、いつもこうして女の方をリードしていらっしゃるのですね」

「いや、そんなことは。北御門家の掟は恋愛禁止ですし」

「嘘ですわ。妙に手慣れていらっしゃいましたもの」

凛花は軽く頬を膨《ふく》らませた。

「帝様……、ちょっと髪が乱れたので、直してきてもよろしいでしょうか」

「もちろん」

「すぐに戻ります」

丁寧にお辞儀すると、近くの化粧室へと歩いていく。

その後ろ姿までもが上品で、乱れた黒髪が陽光に輝く様は一枚の絵のようだ。

もし自分が姫沙に出会わなかったら、普通に凛花との縁組みに満足して、普通に結婚して、普通に添い遂げていたのではないかと、帝は感じてしまう。

——とにかく……、この顔合わせだけは無難に終わらせよう。

そう思ったときだった。

「あら、北御門さんじゃない。こんなところで会うなんて、奇遇ね」

悪魔のような笑みを浮かべて、妖精《ようせい》のような少女が現れたのは。

「お前って奴《やつ》は………なんでこう、全部引《ひ》っ掻《か》き回しに来るんだ………」

帝は全身の力が抜けるのを感じた。

「え、なに？ 私、褒められているのかしら？」

目の前で悪戯っぽく笑うのは、南条姫沙。

この場に最も存在していては困る少女だった。

「褒めてるわけがないだろ！ 俺は大事な用があるから、また来週な！ じゃ！」

帝は建物の壁に背中を預けて腕組みする。

すると、姫沙は帝に並んで壁のそばに立った。

「なぜ残る⁉」

「北御門さんが残ってほしくなさそうだから？」

「天《あま》の邪鬼《じゃく》か！」

「そう、私、天の邪鬼なの。あなたが困っているところを見るのが、世界で一番好きなの」

くすくすと笑う姫沙。

今日の彼女は、普段に増して可愛《かわい》らしい。

身に着けているのは、フェミニンな黒のワンピース。フリルが何段にも重なり、裾《すそ》にレースがあしらわれている。

足元は、膝上《ひざ》までの黒いソックスに、黒のハイヒール。純白の肌とのコントラストが美しい。

クロアゲハの髪飾りをつけ、猫の顔のショルダーバッグを提《さ》げている。

コーディネートも髪型もばっちり決まり、姫沙は小さな黒猫のような雰囲気を漂わせていた。

やたらと気合いが入っていて、まるでデートの勝負服だ。

「北御門さんはここでなにをしているの？」

「特に面白《おもしろ》いことはしてない。ただの散歩だ」

「じゃあ、私も一緒に散歩するわね」

「いや、俺は一人で散歩したいんだ」

「じゃあ、私は北御門さんの後ろを一人で散歩するわね」

「それは実質二人だろ！」

「気にしないでいいわ。五センチは離れて歩くから」

「ほぼ密着してるだろうが！　気になる以前に歩きづらいわ！」

帝は焦《あせ》った。長々と姫沙と喋《しゃべ》っていたら、凛花が戻ってきてしまう。

今日が許嫁との顔合わせだと知ったら、姫沙は確実に邪魔するだろう。

姫沙との関係が凛花に知られれば、静川家を通して北御門家にも事情が漏れる。

この二人は、決して出会ってはいけない。なんとかして姫沙を遠ざけなければならない。

「どうしたの、北御門さん。冷や汗がだらだら出てるわよ？」

「暑いからな……」

「そうかしら？　涼しい方だと思うけれど」

帝は駄目元で言ってみる。

「なあ……、今日はそっとしておいてくれって頼んだら、どうする？」

「全力で北御門さんのそばにいるわ！」

「だよな……。許してくれって頼んだら？」

「絶対に許さないわ！」

きらきらと目を輝かせる姫沙は、とてつもなく愛らしいのだが。

いったいどうしたものかと頭を悩ませる帝である。

——とりあえずは、南条を凛花さんから引き離すのが最優先か。

そう考え、少々リスクはあるが効果的な方法を選ぶ。

「……仕方ない。だったら、二人で散歩するか」

「ええ！　私、池で鯉《こい》や鳥に餌《えさ》をあげたいわ！」

姫沙は嬉しそうにうなずいた。

——南条も可愛いことを言うんだな。やっぱり女の子か。

帝は改めて彼女のことを見直した。

「ふふふ……あなたたち、そんなに餌が欲しいのね……なんて貪欲《どんよく》なんでしょう。ほら、この私に慈悲をこいねがいなさい。食べ物を恵んでくださいと、足元にひれ伏すのよ……」

姫沙はくすくすと笑いながら、池に餌（百円）をばらまいた。

飢えた鯉の軍勢がばしゃばしゃと水を跳ね上げて餌に群がる。

「どれだけ貪《むさぼ》ったら気が済むの？　なんて浅ましいのかしら、あなたたちって。品性のなさが全身から滲み出しているわよ。でも、欲望に忠実な下僕は嫌いじゃないわ……」

下僕たち（鯉）は水面で口をぱくぱくさせてさらなる餌の投下をせがむ。

姫沙は岸辺の自販機にコインを入れ、餌のカプセルを取り出す。

「お前のことを可愛いとか思った俺が馬鹿《ばか》だったよ……」

帝はつぶやいた。

女の子らしいだなんて、とんでもない。南条姫沙は相も変わらず平常運転で南条姫沙だった。

「えっ、なあに？」

姫沙は浮き浮きとカプセルから餌を出そうとしている。その表情は無邪気で、とても南条家の後継者とは呼べないくらいあどけなくて。

「いや……」

やっぱり可愛い、とは悔しくて言いたくない帝である。

「今、可愛いって言ったわよね？　私のこと」

「言ってない」

「言ったわ」

「言ってない」

飽くまで否定する帝だが、姫沙は高らかに言い放つ。

「絶対に言ったわ！　私、北御門さんに可愛いって言われたら、世界の裏側にいても聞きつける自信あるもの！」

「すごい地獄耳だな……」

呆《あき》れる帝。

——え、でもそれって、俺に可愛いと言われるのが嬉しいってことなのか⁉　そうなのか⁉　つまり南条は俺のこと……いやいやまさかな！

自意識過剰な自問自答をしてしまうのがまた悔しい。

基本的に落ち着いて生活している帝が、姫沙の前だとどうしても調子を崩されるのだ。

姫沙は誇らしげに人差し指を振る。

「だからこれだけは確実よ……北御門さんは言ったわ、姫沙はあらゆる宇宙に存在する生きとし生けるモノの中で最高に可愛い、と」

「そこまで言ってないのは確実だ！」

帝は公園の時計を気にした。

化粧室の近くを離れてから、既に十分くらい経《た》っている。そろそろ凛花が戻っている頃だろう。早く戻らないと、凛花を不審がらせてしまう。

そのとき、帝のスマートフォンの着メロが鳴り始めた。

……姫沙のショルダーバッグの中から。

「あら」

姫沙はバッグから帝のスマートフォンを取り出した。

「いやいやいやいやいや⁉　おかしいだろ！　なんでお前が俺のスマホを持ってる⁉」

帝は驚愕《きょうがく》するが、姫沙は気にしない。躊躇《ちゅうちょ》なく通話ボタンを押して電話に出る。

「はい、もしもし。え……？　あなたは誰？　私？　名乗るほどのものではないわ。帝様はどこかって？　なんの話をしているのかしら？　急にわけの分からない話をされたら、さすがに温厚な私も怒るわよ？　そう、激怒すると言っても過言ではないわ」

「いつの間にスった⁉　早く返せ！」

「もう、ちょっとは待てないのかしら！　今は大事な電話の最中なの！　知らない人だけど」

「知らない人なら大事な電話じゃないだろ！」

帝は姫沙からスマホを奪い取った。

すぐさま耳に押し当て、通話口を手の平で覆いつつ声を潜める。

「もしもし、北御門です」

『あっ、帝様！』

予想通りというか予想通りであってほしくなかったというか、電話の相手は凛花だった。

公園ではぐれたら困るので料亭を出るときに番号を交換していたのだが、ここで裏目に出るとは思わなかった帝である。

「すみません、ちょっと化粧室から離れちゃって。すぐに戻ります」

『いえ、お待たせしたわたくしが悪いのですわ。また退屈させてしまいましたわね』

申し訳なさそうな声がスピーカーから流れ、帝は逆に罪悪感と焦燥感で汗を垂らす。

そんな切迫した状況だというのに、姫沙はスマートフォンに耳を当てて通話の内容を聞こうとしてくる。

「お、おい……」

「しっ……向こうに聞かれるわよ？」

帝が睨《にら》むと、姫沙は自分の唇に人差し指を当ててささやいた。

距離が近すぎるせいで、姫沙の華奢《きゃしゃ》な肩は帝の肩に触れている。

そのやわらかな髪の毛が頬をくすぐり、帝は心拍数が一気に上がるのを認識した。鼻腔に流れ込む姫沙の甘酸っぱい香りが、否《いな》が応でも理性を揺さぶってくる。

帝は懸命に理性を保ち、姫沙から遠ざかってスマートフォンを守った。こんなときでなければもっと密着していたいのに……なんて、もったいない思いに駆られつつ通話を続ける。

「いや、悪いのは俺です。そこで待っていてください。走って行きます！」

『帝様にお手数をおかけするのは心苦しいですし、わたくしが参りますわ。今、どこにいらっしゃるんでしょうか？』

「それは……えーと、説明が難しいんですが……」

帝の視線の先で、笑顔の姫沙が手を振る。

場所の説明は簡単だが、事情の説明が難しすぎる。

『そう、ですの……。あ、あの、先ほど電話に出てくださった女の方は……？』

「それも説明が難しくて……」

帝はもはや冷や汗しか出ない。

凛花は心細そうな口調で続ける。

『とても可愛らしい声の女の方でしたわ。わたくしたちと同じくらいの年頃《としごろ》に聞こえましたが……、帝様のお知り合いですの……？』

「知り合いというか……ええと、ですね……」

上手《うま》い言い訳がまったく見つからなかった。

そもそも、帝は弁解とか誤魔化《ごまか》しとかいったことが苦手なのだ。特に相手が凛花のような善人だと、誤魔化すこと自体に抵抗を覚える。姫沙が相手なら別だが。

『ともかく……ここでお待ちしております。帝様、早く帰ってきてくださいましね』

この期に及《およ》んでも大和撫子を崩さない凛花。

「はい……本当に申し訳ございません」

帝は思わず電話に向かって深々と頭を下げてしまう。

ため息をつきながら通話終了のボタンを押すと。

「……ねえ、北御門さん。今の女の子は、いったいどなたなのかしら？」

にっこりと、姫沙が至近距離で微笑んでいて。

こっちはこっちで地獄だった。

「まず、お前に言っておくが……彼女は女の子ではない」

「彼女って言ってるじゃない」

「ぐ……彼女は彼女だが……ついている」

「そのフォローは無理があると思うわ」

冷静に姫沙が指摘する。

「今日は誰かとデートだったのかしら？　私というものがありながら。ねえ、北御門さん。恋愛ゲームの相手をほったらかして、どんな可愛い子と楽しく遊んでいたの？」

つんつん、と帝の頬をつつく姫沙。

仕草は愛くるしいが、目はだいぶ怒っている。というか本気《マジ》だ。

「遊んでは……いない」

帝は慎重に言葉を選んだ。結婚を前提とした許嫁だから、遊びでないのは間違いではない。

「そう……真面目《まじめ》なお付き合いなのね。私というものがありながら」

隠れた意味の方を正確に突いてくる姫沙。

そろそろ帝は逃げ場がない。

「悪いが、これは家の用事だから……行かなきゃいけない。また、学校で……」

「だめ」

姫沙が帝の手をぎゅっと捕まえた。

やわらかくてひんやりとした肌の感触が、帝の皮膚を侵食する。

――そういうことは他のときにやればいいのに！　今じゃない！　今じゃないんだ！

帝は心の中で血の涙を流す。

「私もその人の顔を見てみたいわ。北御門さん、紹介してくれるわよね？」

「いや無理だろ！」

「どうして？　私とその人が会ったら、なにか不都合なことでもあるの？」

「と、特にないが……」

言葉を濁しつつ、実際は不都合なことしかない。メリットが何一つ存在しない。

「だったら、会わせてくれるわよね。私、大人しくするから。ゲームの邪魔をする女の子を大人しくするから……」

「抹殺か！ 会わせられるわけないだろ！」

「抹殺はしないわ。抹茶にする」

「わけが分からん！」

「だって……だって……」

姫沙は帝の手を握り締めてつぶやいた。

その大きな瞳は潤み、恨めしそうに帝を睨んでいる。

帝は心臓に痛みを感じた。

姫沙が悲しげな様子をしているのは、ゲームのための単なる演技かもしれないが。獲物を横取りされることに対する悲しみなのかもしれないが。

それでも、帝は姫沙が落ち込んでいる姿を見たくはない。

小さくため息をついて、姫沙に言い聞かせる。

「ゲームの邪魔になるような相手じゃないから、気にするな。お前との恋愛ゲームから抜けたりはしない。相手は、ただ親の付き合いで会っているだけだ」

「許嫁の静川凛花さんと会っているのよね？」

「っっっ!?!?!?」

帝は絶句した。

姫沙は帝の手を離し、可憐《かれん》な唇に指を添えて笑う。

「あら、間違いだったかしら？　午前十一時から料亭『白龍』で静川財閥と北御門家の顔合わせを済ませた後、公園に移動。許嫁同士の親交を深めるため、凛花さんと二人で散歩をしていたんでしょう。この前の放課後は、今日のために服を買いに行ったのよね？　ちなみに、買ったのは『ブルマーニ』の新作、店舗は荒川駅の隣よね」

「どうして……」

お前が俺のスケジュールを把握している？　との問いは喉《のど》から出てこなかった。あまりに驚きすぎていて、意味もなく口を動かすのが精一杯だ。

「まあ、池の鯉みたい。私が対戦相手のスケジュールを把握していないわけがないでしょう。それで、許嫁の凛花さんには紹介してくれるわよね？」

「紹介したら……どうする気だ……」

帝は後じさった。

姫沙はゆっくりと歩み寄ってくる。

「警戒しなくても大丈夫よ。ちょっとだけ、仲良くなりたいだけだから……、そう、本当に本当に本当に本当に本当に本当に本当に本当にそれだけだから……」

「本当にが多すぎる！」

帝は走った。全力で走った。

決して振り返ることはなかった。


「ただいま、戻り、ました……。待たせてしまって、すみません……」

化粧室のそばに到着した帝は、息を切らしながら凛花に謝った。

ふらつかないよう大木に手を突いて体を支えているが、滝の汗である。追ってくる姫沙を撒《ま》くため遠回りして走ったせいで、体力の消耗が激しかった。

凛花が目を丸くする。

「大変お疲れみたいですけれど、なにをなさっていたんですの？」

「えっと……少し残業を……」

「残業……」

「はい……残業を……」

なんだか不倫帰りの夫みたいだが、帝は他に良い弁解も思いつかない。

しかし、凛花は女神のような笑顔で両手を合わせた。

「なるほど、そうだったんですのね。帝様の身になにかあったかと、心配しましたわ」

「信じるんですか⁉」

「もちろんですわ。夫を信じるのが妻の務め。たとえ帝様が女の方と二人でベッドに寝ていらしても、わたくしは帝様を信じますわ」

「それは疑うべきでは……」

純真すぎる凛花に、帝の罪悪感が高まっていく。

「じゃあ、改めて花畑に行きましょうか。案内します」

「はい。連れて行ってくださいまし」

凛花は嬉しそうにうなずき、帝の隣に並んだ。

木漏《こも》れ日《び》がまだらに地面を染める並木道を、二人は連れ立って歩く。帝が歩幅を合わせなくても、凛花はまるで帝のコピーであるかのようにきっちり速度を合わせてくる。

帝が話せば答えるが、帝が黙っていれば凛花も静かに微笑んでいる。

それは空気。

決して邪魔にならない、男の添え物としての女。

凛花と家庭を持ったら、とてつもなく楽な人生が待っているのだろう……と帝は予感する。

平和で、何物にも乱されず、ただ仕事に集中できる、男としての理想の生活。

そんな将来を、帝がぼんやりと想像したとき。

「あら、北御門さん！　ここにいたのね！　置いていくなんてひどいわ！」

それは。

すべての日常を破壊する混沌の化身のようなその少女は。

輝く笑顔と共に、帝と凛花の前に現れた。

「………………っ」

凍りつく帝。

「帝様？ こちらの方は？」

首を傾げる凛花。

姫沙のことはちゃんと撒いたはずだったのに、どうやらその判断は甘すぎたらしい。

そして遭遇してしまった以上、知らぬ存ぜぬで通すこともできない。

帝は小さくため息をつく。

「俺が通っている蒼世学園のクラスメイトです。名前は姫――」

「北御門さんと、大変！ 大変、仲良くしてもらっている、南条姫沙よ！」

姫沙が割り込んだ。

「え……南条って……まさか……あの南条家じゃありませんわよね……？」

凛花は困惑する。北御門家と古くから付き合いのある静川家の人間は、南条家と北御門家の確執を知っている。

帝は焦った。

「はは、まさかそんなはずが――」

「あの南条家よ！　北御門家の宿敵にして、北御門帝の大敵……それが私、南条姫沙なのよ。でもまあ、今はクラスメイトとして仲良く……仲良く、とっても仲良くしているけどね」

姫沙はふふんと自慢げに笑った。

「ど、どうして、そんなに仲の良さを強調してくるんですの……？」

「事実だからよ！　日中はほとんど一緒にいるし？　委員会も同じだから、しょっちゅう二人だけで共同作業してるし？　親より長い時間を一緒に過ごしているわ！」

凛花はかたかたと震える。

「お、親御さんよりも……。それはつまり二人は親子ということですの……？」

「そうよ！」

「いや違うだろ！　突然なにを言い出してるんだ！」

場の成り行きに混乱しながらも、帝は姫沙を睨み据える。

――お前、縁談をぶっ壊す気なのか⁉

――当たり前よ‼

睨み返す姫沙。もはやアイコンタクトだけで会話している。

そんな二人の顔を見比べ、凛花は不安そうにつぶやく。

「随分と……親しげなんですのね……」

姫沙は肩をすくめた。

「少なくとも、親が決めただけの相手よりは親しいわね。誰かさんに話すのとは違って、丁寧語で喋ったりはしないし」

「……っ！」

手を握り締める凜花。さっきまでの穏やかな彼女とは異なり、その華奢な肩からはうっすらと怒りが滲み出している。

きっと、凜花が帝を見据える。

「帝様！」

「はい！」

思わず背筋を正す帝。

「わたくしにも、普通に喋ってくださいまし！　未来の妻に対して丁寧語を使うなんて、そもそもおかしいですわ！」

「でも、まだ会ったばかりだし……」

「ばかりではありませんわ！　わたくしたちは小さい頃からよく遊んでいたじゃありませんの！　普通の喋り方で！　お願いいたしますわ！」

凄い剣幕である。

姫沙は面白そうに『おー』とつぶやく。自分が招いた反応だというのに呑気《のんき》なものだ。

「あ、ああ、分かったよ、凜花さん。これからは普通に喋る」

「呼び方も！　凛花、でお願いいたしますわ！　北御門家の次期当主ともあろうお方には、もっとどっしり構えていただかないといけませんもの！」

凛花は身を乗り出して訴えた。切れ長の美しい瞳が間近に迫り、帝は気圧《けお》される。

唾《つば》を呑んでから、緊張気味に告げる。

「わ、分かった……凛花」

「あっ……」

凛花はぽっと頬を染めた。

「そ、それで、よろしいんですの……な、なんだか、照れてしまいますわ……」

腰の辺りで手を握り締め、もじもじと身じろぎする。

そんな反応をされたら、帝まで首筋が熱くなるのは必然。

「え、えっと、凛花は相変わらず丁寧語で喋っているみたいなんだが」

「わ、わたくしは構わないのですわ……帝様に乱暴に扱われるのが、いいのですわ……」

「そ、そうか……」

公園の真ん中だというのに、二人して羞恥《しゅうち》に呑まれて立ち尽くす。

――意外と……、可愛いじゃないか……。

親が決めたお仕着せの相手なのに、帝はそう感じてしまう。

凛花は心なしか誇らしげに、姫沙へ視線を送った。

「どうですかしら。わたくしたち、名前で呼び合う仲になりましたわ。南条さんは、帝様のことを苗字《みょうじ》で呼んでいらっしゃるようですけれど」

「うぐ……」

姫沙は拳《こぶし》を固めた。

凛花がさらに追撃を加える。

「仕方ありませんわよね。どんなに仲良くても、帝様と南条さんは単なるクラスメイト同士……特に恋人というわけではございませんもの。越えられない壁はありますわよね」

「な、ないわよ！　必要なら私は、北御門さんの細胞壁だって胃の内壁だってガンガン壊して進む覚悟よ！」

「それやったら俺は死ぬよな⁉」

既に胃の内壁は若干壊されかけている。

意味不明な反撃にも凛花は怯《ひる》まない。

「でも、心の壁はありますわよね？　また『北御門さん』って呼んでいらっしゃいましたし」

「あっ、いや、今のは違うの！　待って、なんとかするから！」

姫沙は胸を押さえ、すうはあと深呼吸して息を整えた。

そして帝の方に向き直るや、上ずった声で。

「み、みみ、みみみみみみっ……」

「みみ?」

凛花が小首を傾げる。

恐らく名前で呼びたいのだろうが、まだ一文字しか再現できていない。

これではただの耳がかゆくて死にそうな女の子だ。

「み、みみみみみ、みか、みかっ…………やっぱり無理!」

姫沙は真っ赤な顔を手で覆ってしゃがみ込んだ。

「ええ…………」

啞然《あぜん》とする凛花。

姫沙は耳まで赤くして、ぷるぷると震えている。

——ダメだ、可愛すぎる。

帝は嘆いた。

単に距離感があるから苗字で呼ばれていると思っていたが、本当は違ったのだ。恥ずかしかったのだ。大胆なのか繊細なのか分からない。

姫沙はよろめきながら立ち上がると、凛花を真正面から指差す。

「こ、これで勝ったと思わないでほしいわね! 私はまったくダメージを受けていないから! ゲームに乱入してきたダークホースに蹴《け》られて死にかけてなんかないからーっ!」

涙目だった。

「ゲーム……？　ダークホース……？」

凛花はわけが分からないといった顔をしている。

「こうなったら勝負よ！　私とあなた、どちらが北御門さんをぐらりとさせることができるか！　制限時間はこのデートのあいだ！　三人で公園を回って決着をつけるのよ！」

「ま、負けませんわ！　帝様はわたくしの大切な未来の夫！　南条家の手に落とさせるわけにはいきませんもの！　正々堂々、勝負ですわ！」

ばちばちと、二人の少女が火花を散らした。

片や、湖畔に咲く水仙のような大和撫子。

片や、人を魅惑する悪魔のような王女。

容姿の面でもオーラの面でも、引けを取らぬ双璧の美少女である。

「なぜいつの間にか三人でデートすることに……？」

帝は困惑した。


三人は元の予定通り、広場へとやって来た。

辺りには芝生《しばふ》が敷き詰められ、来園者たちが思い思いの休日を過ごしている。

ボール遊びをする親子連れもいれば、木陰《こかげ》にシートを広げてピクニックをしている者もいる。

ただ散歩しているだけの老人や、空を見上げているだけの青年もいる。

ゆったりと流れる時間、流れる雲、美しい青空。

のどかな光景である。

のどかな光景の、はずなのだが……。

「ふふふ……それじゃあ、まずは女子力の勝負といこうかしら……？」

「女子力と言いますと、女らしさを表す言葉ですわね。女らしさで静川の娘が負けるはずはございませんわ！」

姫沙と凛花は闘志をたぎらせ、一触即発の空気だった。

――凛花ってこんな激しいタイプだったか……？

帝がパーティーで見かけたときも、料亭での顔合わせでも、とにかく大人しい子という印象だったのだが。

しかし、いざ戦いになれば強靱《きょうじん》な精神力を見せるのが、大和撫子なのかもしれない。

と、そこへ、ダックスフントを散歩させながら老婆が歩いてきた。

姫沙は目をきらめかせる。

「さあ、最初のお題よ！　あの動物に対するリアクションで、私たちの女子力を判定するわ！もちろん審査役は北御門さんよ！」

「……え、俺か？」

「当然じゃない！　他の誰が審査するというのよ！　静川さん、覚悟はいいわね？」

「ええ……心の準備はできていますわ」

凛花は神妙な面持《おもも》ちでうなずいた。

薙刀《なぎなた》一本で戦地へ赴く大正女性の貫禄。女学生服と袴《はかま》が似合いそうだ。

「じゃあ……レディゴー!!」

姫沙の号令と共に、二人は走り出す。

この勝負……先にダックスフントのところへ到達した方が勝つ！

と信じているような全力ダッシュである。実際、先手を打たれたら後の人間は同じリアクションを取れないから、不利になる。百点を出されたら九十九点しか出せない勝負なのだ。

結果として、姫沙と凛花は必死になる。

命がけで突撃してくる二人の少女……小型犬の体格からしたら巨人とも言うべき存在の突進に――。

「きゃんきゃんきゃん！」

ダックスフントは死に物狂いで逃げ出した。

ついでに飼い主の老婆も、命乞いしながら全速力で逃走した。

「最近の老人は元気だな……」

帝は哀れな老婆の背中を見送る。

姫沙と凛花は呆然《ぼうぜん》とした。

「どうして逃げたのかしら……きっと静川さんが怖すぎたせいね！」

「違います！　南条さんから殺意が溢れていたからですわ！」

「いやお前ら両方だよ！」

正直、帝もあの勢いで二人に襲撃されたら防衛態勢の見直しを検討《けんとう》する。

意外とノリのいい凛花に帝は目を覚まされる思いである。

そうしているうちに、三人は花畑に到着した。

色とりどりの花々が美しさを競って咲き誇り、むせかえるような甘い香りが噴き上がっている。まるで乙女たちが着飾っているかのような光景だ。

姫沙が不敵に笑った。

「さあ……静川さん。あなたの女子力を見せてみなさい。さっきの犬はただの小手調べ……女の子のために創られた花を前にしたときこそ、真の女子力を発揮するときよ！」

「小手調べにもなっていなかった気がしますけれど……分かりましたわ！」

凛花は表情を引き締めると、花畑の真ん中に屈《かが》み込んだ。

決して着物を乱さない、楚々《そそ》とした姿勢。そのたおやかな手が白い花に近づいていくと、そっと自らのそばに引き寄せる。

そして、目をつむって静かに花の香りを楽しみ、恥じらうように微笑んだ。

「帝様、素敵な香りですわ。こちらにいらしてくださいまし」

「お、おう……」

たとえ三途の川の向こうから誘われても行ってしまいそうな呼び方に、帝はたじろぐ。

だが、姫沙は腕組みして。

「零点ね！　百億点中、零点よ！」

「どうしてなんですの⁉」

一刀両断された凛花は抗議の声を上げた。

姫沙は鼻を鳴らす。

「理由を聞くなんてまだまだね！　自分で答えにたどり着けないようじゃ、女子力を語る資格もないわ！　マイナス五百億点よ！」

「どういう採点システムなんですの⁉　説明してくださいまし！」

凛花は困惑するが、そこは姫沙の気分だろうと帝は思う。

そして審査は帝の役だったはずなのに、なぜ姫沙が採点をしているのかがまったく分からない。恐らくそれも気分だろう。

「だったら、私の模範解答を見ていなさい……全銀河が憧《あこが》れる、この私の至高の女子力を！」

「は、はい……」

「ものすごいハードルの上げ方だな……」

凛花と帝は固唾《かたず》を呑んで姫沙を見守った。そこまで大きく出られたら嫌でも期待する。

姫沙は鞄からスマートフォンを出すと、画面を操作して耳に当てた。

「ちょっと、今すぐ動かせるヘリはある？　ないとは言わせないわ。火炎放射器を積んでこっちに持って来て。なにに使うかって？　決まってるじゃない、花畑を焼き払うのよ！　早くしなさい！　三分！」

「お前はなにをやっている――――――――⁉」

帝は姫沙に飛びかかった。スマートフォンを奪い取り、直《ただ》ちに通話を切る。

「なんで邪魔するのよ！　まだ電話の途中なのに！」

「なんで花畑を焼き払うんだ⁉　お前は鬼か⁉」

「花畑を焼き払うのが女らしさだからよ！　分からないの⁉」

「分からん！」

「分かってよ！　私の気持ち、分かってよ！」

「分かってやりたいけど分からん！」

帝は姫沙の手が届かないよう、スマートフォンを高く掲げて守る。姫沙は一生懸命ジャンプしてスマートフォンを取り返そうとする。

「いいから返してよ！　中身を勝手に見たら殺すから！　北御門さんの関係者を全員殺すからあーっ！」

必死なのは可愛いが、脅し方は最高に怖かった。帝本人ではなく関係者を盾に取っているのが特に悪質だった。

「返すのはいいけど、約束しろ。花畑は焼き払わない、そして焼き払おうとした理由を説明する、と」

「し、仕方ないわね！　今日のところは焼き払わないでいてあげるわ！」

「明日も明後日も焼き払うな！　焼き払うなよ⁉」

帝が念を押しながらスマートフォンを手渡すと、姫沙は安堵《あんど》の吐息をついてスマートフォンを鞄の奥底にしまい込んだ。厳重に蓋《ふた》を閉め、鞄を抱き締めて帝を警戒する。

──スマートフォンの中身はいったい……？

これだけ過剰反応をされると帝も気になってしまう。しかしパンドラの箱を開けたら災いが溢れ出しそうなので、追及はしないでおく。

姫沙は取り乱したのを恥じるかのように咳払いする。

「……ほら、女っていうのは自分より美しい存在を許せないものじゃない？　だから綺麗な花を見たら踏みにじりたくなる……ううん、世界から消滅させたくなるのが、当然の反応なのよ！　火炎放射器こそが女子力なのよ！」

「それは違いますわ！」

凜花が全力で否定した。

「いいえ、私は間違っていないわ！　お伽話《とぎばなし》の女王だって、白雪姫を抹殺しようとしたでしょ⁉　つまり美しさに代償は必要なのよ……自分以外の代償がね！」

「あの女王は悪役だけどな……」

帝は改めて南条家の恐ろしさを思い知る。

姫沙は広場で散歩中の家族連れに視線をやる。

「さあ、勝負を続けましょうか。そこに、ベビーカーに乗った可愛い赤ちゃんがいるわ……あの珠《たま》のように美しい赤ちゃんで、私たちの女子力を試すのよ……そう、必殺の女子力をね！」

「必殺はおかしいよな⁉」

「も、もういいですから！　女子力の勝負はもういいですから！」

凛花は顔を真っ青《まさお》にした。

家族連れ相手に火炎放射器が投入されると思っているかのような怯《おび》え方だった。

「あら、ここで勝負を放棄？　それは負けを認めたということでいいのね？　私はまだまだ闘えるから、そういう意味になるわよね？」

「う……は、はい……それで構いませんわ……」

「残念だわ。最終バトルは、女子力パンチでのデスマッチだったのに……」

「女子力とデスマッチがどう関係あるんですの⁉　もうそれは趣旨が違いますわ！」

凛花は半泣きである。

「北御門さん！　勝った！　勝ったわ！　私の方が女子力あったわ！」

姫沙は目をきらきらと輝かせて報告してくる。

「良かったな……」

試合に勝って勝負に負けるとはこのことか、と帝は国語のお勉強になった。

女子力マッチには勝っているが、女子力そのものは欠片《かけら》もなかった。


姫沙に引きずられるようにして散歩した帝たちは、展望台の丘に到着した。

近くには売店があり、メニューを大きく記《しる》したノボリが翻《ひるがえ》っている。

周辺に置かれたベンチでは、親子連れやカップル、そして若い女性のグループなどが、ソフトクリームを食べたりしていた。

だいぶ歩みが鈍くなってきた凛花が、遠慮がちに切り出す。

「申し訳ありません、帝様。わたくし、ちょっと疲れてしまいましたわ……休憩させていただけると、嬉しいのですけれど……」

姫沙は柳眉を寄せて考え込む。

「困ったわね……どうして疲れたのかしら……誰のせいなのかしら……」

「南条のせいだよな⁉」

帝と凛花の二人だけなら、退屈ながらもカロリー消費の少ない二時間を過ごせたはずなのだが、姫沙がいると退屈どころではない。

いつ武装ヘリが呼ばれるか、いつ公園が火の海になるかと冷や冷やもので、帝は姫沙の手綱《たづな》を取るのが精一杯だった。

「とりあえず、ここで一休みするか。なんか旨そうなものもあるし」

「ありがとうございます」

凛花は胸を撫《な》で下ろした。

由緒正しいお嬢様学校の生徒にとって、姫沙との時間は刺激が強すぎるのだろう。

「私、クレープが食べたいわ！　クレープ食べましょ、クレープ！」

「あんまり甘い物は好きじゃないんだが……たまにはいいか」

などと言いつつ、実はクレープに淡い憧れを持っていた帝である。

日本を愛する北御門の男児たるもの、甘味と言えば団子屋が限界。クレープのような女子供が食す洋菓子は、ほとんど口にしたこともない。

帝はポケットから財布を取り出す。

「凛花はなんにするんだ？」

「わたくしは帝様と同じ物をいただきますわ」

凛花は当然のように返した。

「ちょっと待ちなさい！　じゃあ、北御門さんがドッグフードを食べると言ったら静川さんもドッグフードを食べるの⁉」

「もちろんですわ」

「それが妻の務めなの⁉　妻はドッグフードを食べるためにいるの⁉」

姫沙は恐怖に震えた。

「いつ俺がドッグフードを食べると言った⁉」

「大丈夫ですわ、帝様。ご命令ならキャットフードも食べられますわ。どうぞ遠慮なく命令してくださいまし」

なぜか凜花の目が少し怖い。

「いや……命令とかじゃなく。自分が好きなものを買っていいんだぞ」

「帝様がそうおっしゃるのでしたら。好きな味のクレープを選びますわ」

飽くまで三歩下がって歩く姿勢の凜花。政治家一族の血筋である以上、帝も大人しく従われるのは嫌いではないが、どうも背中がむずがゆい。

帝たちは売店に並んでそれぞれのクレープを注文する。

姫沙はブラックベリーカスタード、帝はビーフチーズ、凜花はストロベリークリームだ。

そして、いざ代金の支払いになると。

「ここは俺が払っておこう」

「ここは私が払っておくわ」

帝と姫沙が同時に財布を取り出し、二人のあいだに緊張が走った。

「ちょっと……北御門さん？　奢《おご》ることで優位に立てると思ったら大間違いよ？　その程度で南条一族は恩を感じないいし、ほだされることもない……だから大人しく奢られなさい？」

姫沙は帝を睨み上げた。

「南条に奢られたら魂を売り渡したも同じだからな……その手に乗るか。恩を感じないと言うのなら、お前こそ大人しく奢られたらどうだ……？」

帝は一歩も引かずに姫沙を睨み返した。

「あらあら、どうしてそこまで嫌がるのかしら？　男の意地？　ちっぽけなプライドにすがりつくなんて、北御門さんもちっぽけなのね。私の厚意が受け取れないって言うの？」

「プライドなんてないさ……あるとしたら最低限の警戒心かな……。一九二九年のウォール街大暴落による世界大恐慌は、南条家が裏で糸を引いてたって知ってるからな……」

「いいから奢らせなさいよ！」

「奢るのは俺だ！」

なんのかんの理由をつけつつ、結局のところは意地の張り合いだった。

帝は一万円札を、姫沙はブラックカードを、お互いの顔にぎゅうぎゅうと押しつける。

売店の売り子は震えながら見守っている。

「ちょ、ちょっと、お二人とも！　売店では一万円札もクレジットカードもダメですわ！」

見かねたように凛花が割って入った。

「なに……？」

「どうしてよ！　このカードは世界中どんな国でも使えるのよ！　まさかあなた、ここは地球じゃないとでも言うのかしら⁉」

「売店で大きなお札は迷惑ですし、カードはこういうお店では使えませんの！　わたくしが出しておきますから、いつか代わりに奢ってくださいまし」

凛花は白い財布から千円札と細かい硬貨を取り出して会計を済ませた。

「なるほど……釣り銭をあまり用意していない小さな店に行くときは、あらかじめお金を崩しておくわけか……」

新たな学びに帝は感心する。

「いつか代わりに奢るということは、静川家に貸し一つ……？　弱みを握られた……？　なにを奢らせるつもりかしら……」

姫沙は難しい顔で考え込んでいる。

売り子は猛スピードでクレープを作ると、帝たちの手に押しつけて売店の奥へ逃げた。

三人はクレープを持ってベンチに腰掛ける。

帝の左右を姫沙と凛花が挟み、膝を中央に向けて抜かりなく監視し合いながらのおやつタイム。とても休憩の空気ではない。

途中まで食べたところで、姫沙がさりげなく言った。

「北御門さんのクレープも美味《おい》しそうね。甘くないクレープって食べたことないんだけど、どんな味なのかしら？」

「どんなって……説明は難しいが……」

帝はグルメレポーターの経験がなかった。

「じゃあ、一口もらってもいい？　私のもあげるから」

はいっ、と姫沙が笑顔で自分のブラックベリーカスタードクレープを差し出す。

「え……」

クレープには、姫沙のかじった形が可愛らしく残っていた。クリームと生地《きじ》の断面がなまめかしく輝き、蠱惑《こわく》的なオーラで誘っている。

ためらう帝を見て、姫沙は悪戯っぽい笑みを広げた。

「あら、どうしたの？　北御門さんったら、照れちゃったのかしら？　つまりそれは私を意識してるってことよね？　むしろ好きすぎて緊張しちゃうってことよね？」

「……そうじゃない」

まさにそうだった。

姫沙の唇が触れたところに自分の唇が触れると考えただけで、帝は脈が速くなる。

「なにが違うのかしら？　ほら、認めなさいよ。私との間接キスが恥ずかしくてしょうがないって。自分は小学生みたいなお子様ですって」

姫沙はイジワルな口調で攻め立てながら、ぐいぐいとクレープを帝の口元に迫らせる。

放っておけば強制的な間接キス。そうなれば帝の責任ではないが、しかし、姫沙に優位なポジションを取られてしまう気がする。いや、きっと気のせいではない。

このままではまずいと思い、帝は苦《くる》し紛《まぎ》れに切り返す。

「俺は別に要らないから、先に俺のクレープをやるよ」

「え……」

姫沙が肩を跳ねさせた。

「わ、私はいいわよ。先に北御門さんが食べなさいよ」

「なんでだ？　南条が味見したがってたんだろ？　遠慮するな」

「で、でも……もうお腹《なか》いっぱいっていうか……」

「いつの間にお腹いっぱいになったんだ？　さっきと矛盾《むじゅん》してないか？　ほら、食べろよ」

「あ……う……」

帝がクレープを突き出すと、姫沙はその切り口を見つめて硬直する。色白の耳たぶが、じわじわと桃色に染まっていく。

「……照れてるのか？」

「てててててて照れてなんかにゃいわよっ！」

噛《か》みまくりだったし声は裏返っていた。

「嘘つけ。いいから食べろよ。食べないってことは、相手を意識してるってことなんだろ？

お前が言ったんだよな？」

「ま、待って！　ちょっと待って！　違うから！　こういうのは違うから！」

帝が自分のクレープを迫らせると、姫沙はベンチの上で体を反《そ》らして逃げようとする。

頬も真っ赤で、目は泳いでいる。うろたえすぎだ。

余裕綽々《よゆうしゃくしゃく》で攻めてきていた姫沙が一転してヘタレるのが楽しく、帝は嗜虐《しぎゃく》心をそそられる。

思わず、姫沙に覆い被《かぶ》さるようにしてささやく。

「顔が赤いぞ、南条。お前って実はだいぶ脆《もろ》いよな。間接キスなんて恥ずかしくて恥ずかしくて、とてもじゃないが無理なんだろ？　なあ、南条？」

「や、やめ、て、北御門さん……さっきのは謝るからっ……許して……」

姫沙は手の平で弱々しくガードしながら、びくびくと震えた。

まるで乱暴されているかのような姿に、帝はますますそそられてしまう。

「自分が言ったことぐらい、ちゃんと果たさないと駄目だよな？　無理やりにでも食べさせる。さあ、口を開けろ」

「あ………」

姫沙は迫ってくるクレープに目を見張る。けれど決して避けようとはせず、その可憐な唇が少しずつ開いていく。

姫沙の小さな唇と、帝のクレープが今まさに触れようとしたときだった。

「要らないのでしたら、わたくしがいただきますわ！」

頬を紅潮させた凛花が、あいだに飛び込んできたのは。

帝の手を握り締めてクレープにかじりつき、はぐはぐはぐっ、と頑張るハムスターのような勢いで一生懸命にクレープを減らしていく。

かなり無理がありそうだったが、たちまちクレープを完食し、凛花は吐息をついた。

「帝様との間接キスくらい、わたくしはなんともありませんわ！　南条さんとは心構えが違いますもの！」

「こ、心構えってなによ……」

姫沙は珍しく押されている。

凛花は間接キスを済ませたばかりの唇を指でなぞりながら語る。

「男と女としての心構えですわ。夫と妻は間接どころか直接に唇を重ねるのが当然ですもの」

「な、なに言って……」

姫沙はたじろいだ。

「普通のことを言っているだけですわ。帝様とわたくしは、そういう関係になるのですから。

ね、帝様？」

熱心にささやく凛花。

「ね、と言われても……」

帝も気後れがちである。

大人しいだけのつまらない女かと思いきや、実は意外と大胆だ。

姫沙はわななきながら凛花を指差す。

「お、驚いたわね。北御門さんの許嫁がこんな子だったなんて」

「夫婦になる準備万端なだけですわ。もうすぐ婚約の儀も執り行われますし、そうしたら帝様とわたくしは晴れて正式なフィアンセですもの」

姫沙が困惑の声を漏らす。

「え……、婚約の儀って……？　いつするの……？」

「二週間後ですわ！　つまり二週間後の夜には帝様とわたくしは繁殖開始ですわ！」

「生々しすぎだろ！」

さすがに帝も物申さざるを得なかった。

純真無垢《むく》を校訓とする白瀬女子学院の女生徒が口走ってよい内容ではないし、清楚《せいそ》な凛花に似つかわしくもない。よほど我を忘れているのだろうと、帝は思う。

姫沙は放心したようにつぶやく。

「にしゅうかんご……にしゅうかんごに、北御門さんがどうていそつぎょう……北御門さんがどうていじゃなくなっちゃう……」

「おいやめろ！」

童貞は事実ではあるが、とんだ風評被害だ。

親と一緒に近くのベンチに座っている小さな女の子が、首を傾げる。

「ねー、パパー。どーてーって、なーに？」『え、そ、それは……」

焦る父親。

「ねー、なーになーに、どーてーってなーに！　ぱぱー！　どーてー！」『教えるから騒ぐのはやめなさい！　童貞ってのはその……とても恥ずかしいことだよ』『パパは童貞なの？』『パパは童貞じゃないよ！』『やったー！　まいたんのパパは童貞じゃないんだー！』『そうだね、ママのお陰でね……』『すごーい！　ママのお陰で恥ずかしくないパパになったんだー！」

女の子は父親の膝できゃっきゃっとはしゃぐ。

「童貞はとても恥ずかしいこと……」

帝は奈落の底まで落ち込んだ。

「大丈夫ですわ！　帝様には、わたくしがついておりますもの！」

「お、おう……」

凛花が妙に頼もしい。

「わ、私……もう、帰るわ……」

一方、姫沙は頼りない足取りでふらふらと歩き出す。

街路樹にぶつかっては悲鳴を漏らし、段差に躓つまずいては転びそうになる。

「なんか疲れてるみたいだけど、平気か？　車を呼ぶぞ……？」

「平気……夕方のイソノさんを観《み》なきゃいけないから、早く帰るだけだから……」

死んだような目で微笑むと、姫沙はよろめきながら去っていった。

――今のって……、ショックを受けてくれたのか？　いや、そんなわけないよな……婚約の儀が済むとゲームに勝ちづらくなるとか考えてるんだよな……？

帝はベンチから立ち上がり、姫沙の後ろ姿を眺めた。

凛花がつぶやく。

「帝様の好きな方って、南条さんでしたのね……」

「ま、まさか……」

帝はぎくりとした。

凛花は悲しそうにため息をつく。

「そのくらい、子供にだって分かりますわ。帝様の眼差《まなざ》しから、声から、態度から、南条さんへの好意が滲み出していましたもの。そしてあの方……」

「……なんだ？」

口ごもる凜花に、帝は尋ねた。

だが、凜花はすぐに首を振る。

「なんでもありませんわ」

「そうか……？」

とても大事なことを聞きそびれてしまった気がする帝だが、返事を無理強《むりじ》いすることもできない。特に凜花のようなタイプは、一度沈黙を決めたら絶対に口を開かないだろう。

凜花は立ち上がり、じっと帝を見つめる。

「帝様は……わたくしと婚約するのですわよね」

「……急にどうした」

唇をきつく結んだ、真剣な表情だった。冗談や弁解が許される空気ではない。

「どんなに帝様が南条さんを愛していようと、それは絶対の事実ですの。今さら北御門家も静川家も後戻りすることはできません……いいえ、わたくしが後戻りいたしませんわ」

凜花は毅然《きぜん》として帝を見据えた。

「お前はいいのか？　北御門家は代々、許嫁をあてがわれるが、静川家は違うだろう。こんな……親が決めた縁組みで構わないのか」

「……違いますわ」

「え」

「違いますわ！　これはっ、わたくしがっ……！」

長い黒髪が宙を舞った。

か細い体が、帝の腕の中に飛び込む。

凛花は顔を帝の胸に押しつけるようにして、抱き締めてくる。

「……わたくしが、望んだ縁談ですの。話を持って来てくれたのはお父様ですけれど、選んだのはわたくし。強制されたわけではありませんわ」

「自由意志……？」

帝は目を見開いた。

北御門家に、そんな自由はない。愛する相手は選べない。

だから、凛花のことも、自分と同じ立場だと思っていたのに。

「帝様のお気持ちは、想像できますわ。ですから、すぐに南条さんを忘れてくださいとは申しません。でも……わたくしが、必ずわたくしが、すべてを忘れさせてさしあげます。わたくしのこと……帝様の好きに使って構いませんから……」

凛花は帝に唇を寄せ、身を震わせながらささやいた。

その瞳は、しっとりと濡《ぬ》れて帝だけを映している。なまめかしい首筋と、そこから込み上げる艶《つや》やかな香りが、帝の鼻腔《びくう》を襲ってくる。

——ここまで想《おも》ってくれる奴が……、他にいるんだろうか……。

凛花の愛の重さに、帝は圧倒されていた。

親に言われた通り彼女と結ばれれば、確実に幸せになれる。いや、凛花はどんな手段を使っても帝の幸福を実現しようとする。

そのことを否が応でも直観してしまい、帝は立ち尽くした。

そして凛花は、いつまでも帝から離れようとしなかった。


「はあ……」

南条家の大浴場で、姫沙はため息をついた。

秀麗な彫像に囲まれた、漆黒の大理石の湯船。広々としたそこに身を浸《ひた》していると、宇宙の闇黒に放り出されたような心地がしてくる。

南条家の直系女子、それも未婚の娘だけに入ることが許された豪奢な浴場には、遠方の地から引いた温泉の湯がとうとうと流れ込んでいた。

そんな贅《ぜい》をこらした空間で、地上の誰もが憧れる女神のような美しい肢体を伸ばしながら、しかし、姫沙の心は重く沈んでいた。

――北御門さん……嫌がってなかった……。

あのとき、見てしまったのだ。

帝と凛花のところから逃げ出して、でもやはり様子が気になって陰から覗いていたら……、凛花が帝に抱きつく現場を目撃してしまった。

凛花は本気で帝を口説《くど》いていた。そして帝は凛花を振り払おうとしなかった。あの二人のあいだには、なんの障害もない。親だって認めているし、むしろ推奨している。

「勝ち目……なさすぎるわ……」

姫沙が嘆息していると、大浴場に美月が入ってくる。

「どーしたの、おねーちゃん。ため息なんてついて」

不思議そうに、姫沙の顔を覗き込む。

「……どうもしていないわ。ちょっと疲れただけよ」

姫沙は事情をわざわざ妹に説明する気にはなれなかった。

元々、弱みを見せるのが嫌いな性格。たとえ相手が妹だろうと、偉大なる南条一族の後継者が無力感に苛《さいな》まれているなどと知られるのは許せない。

「ふーん、そっかー。てっきり帝くんと凛花ちゃんのデートに乱入して邪魔しようとしたけど、予想外に敵が強くてボコボコにやられて逃げ帰ってきて、落ち込んでるんだと思ったよ！」

「なんで全部知ってるの⁉」

姫沙は驚愕のあまり湯船から跳び上がった。大量の湯が流れ落ち、水面が逆立つ。

無邪気に笑う美月。

「知らないよー、適当に言ってみただけだよー」

「適当でそこまで当たるわけがないでしょ！　尾行してたのね⁉　そうよね⁉」

「やだなー、尾行じゃないよ。おねーちゃんと一緒にお出かけしてたんだよー。おねーちゃんには内緒でね」

「それを尾行って言うのよ！　あなた、暇人なの⁉」

「うん、暇。今日遊ぼうって帝くんにメッセ送ってみたけど、断られちゃったし」

「いつの間にＩＤの交換を⁉」

自分だってまだなのに、と姫沙は絶望した。

帝のメールアドレスや電話番号は喉から手が出るほど欲しいのだけれど、恥ずかしくて交換できない。調べようと思えば簡単に調べることはできるが、それでは意味がない。

「でも良かったよ。お陰で、今日はおねーちゃんと帝くんと凛花ちゃんと四人で遊べたし」

「一緒に遊んだって思ってるのは美月だけだと思うわ……」

「アタシがそう思ってたら、それでいいんだよ」

美月はのほほんとして言った。本当にただのバカなのか、もしくは得体の知れない大物なのか、よく分からない妹だ。

美月は洗い場に座ってタオルを泡立て始めた。

幼い面影を残したままの細い体を、タオルでざっと擦っていく。横着者のくせに肌の美しさは絶品なのがずるい。

「だけど、珍しいね。おねーちゃんが、人に負けを認めるなんて」

「だ、だって……、静川さん、とっても綺麗だったし……女らしかったし……」

「おっぱいもおねーちゃんより大っきかったし……」

「それは言わないで！」

姫沙は自分の胸を腕で隠した。

「なにより男を立てるの上手だったし……男だったら誰だって好きになるわよ、ああいう子」

「それに、おねーちゃんと違って大胆だしねー」

「う……」

冷やかすように言われ、姫沙は口ごもった。

美月はおかしそうに笑う。

「おねーちゃんって、自分が一番の女王様の割に、実はすっごくヘタレだよね。てゆーか、ヘタレだから自分が上に立ってないと怖いみたいな？」

「うううううるさい！　勝手に分析しないで！」

当たらずいえども遠からずだった。

「だいたい、私は自分から大胆なことはできないのよ！　ゲームのルールで、『好意を示したら負け』ってなってるから！　それだけで死ぬほど不利なのよ！」

対して、凛花は好意をどんなにぶつけても問題ない。搦《から》め手ではなく、真正面から帝を攻撃することができる。

美月は唇に指を添えて小首を傾げる。

「ルールがなくても、おねーちゃんは素直に告白とかできるタイプじゃなくない？」

「くっ……」

まさにその通りだった。

姫沙は膝を掻き抱いてうつむく。

「この勝負……分が悪すぎるわ。来週には北御門さんと静川さんが婚約しちゃうし、それからいろいろしちゃうみたいだし、そうなったらもう、私に勝ち目は……」

「おねーちゃんの、ばかああああああっ！」

美月が手を振り上げ、泣き言を漏らす姫沙の頬を全力で平手打ちしようとする。

と思いきや、その手の平で自分のほっぺたをぶっ叩《たた》いた！

バシイイインと壮絶に痛そうな音が浴場に響き渡る。

「え、え？　えええええええええ⁉」

姫沙は自分がビンタされるよりも仰天した。

美月は右の頬を赤く腫《は》れさせながら憤慨する。

「おねーちゃん！　アタシは情けないよ！　しっかりしてよ！　いい？　闘う相手がどんな強

を叩いたの⁉」

「普通に説教を続けようとしないで！　なに⁉　なんだったの今のは⁉　どうして自分で自分
敵だろうと——」

「これはおねーちゃんの分！」

「私の分なのは分かるけど！　なんで私を叩かないの⁉」

「おねーちゃんを叩いたら反撃で殺されそうな気がしたからやめたの！」

「あ、ああ、そう……賢明な判断ね……」

などとつぶやきつつ、姫沙の心臓はバクバク鳴っていた。

美月は姫沙を指差して熱弁する。

「らしくないよ！　おねーちゃんって、そんな弱気な人じゃないでしょ⁉　むしろ自分の邪魔
になるなら国でも滅ぼしてしまう……そういう鬼畜な悪魔がおねーちゃんでしょ⁉」

「美月……ホントに私のこと怖がってる？　ないわよね？」

妹は言いたい放題だった。

「おねーちゃんは、帝くんを凛花ちゃんに取られていいの？　帝くんと凛花ちゃんが幸せに結
婚して可愛い子供を作って最高に幸せに生きるなんてとこ、眺めてるだけでいいの⁉」

「い、いいわけないじゃない……」

ちょっと考えるだけで姫沙は腹が立ってくる。

美月は姫沙に額《ひたい》を押しつけるようにして訴える。

「じゃあ、やることはなに⁉　どんな方法を使っても欲しいものをゲットするのが、南条家の流儀でしょ⁉　おねーちゃんのやり方でしょ⁉　なんの影もない綺麗なお嬢様に負けて、悔しくないの⁉　好きなだけ帝くんとえっちなことされて、悔しくないの⁉」

「悔しい、わ……。許せないわ……」

姫沙の握り締めた拳が、怒りに震える。

そうだ、この想いは、負けそうだからといって消えるものではない。

帝を手に入れたいという願いは、どんな壁にも押し潰されるものではない。

簡単に諦《あきら》めてしまう程度の気持ちなら、南条家と北御門家の因縁を破壊してまで貫き通そうとしたりはしないのだ。

姫沙は口の中で噛み締《し》めるようにしてささやく。

「最初から……私の闘いは壁だらけ……。邪魔者は……すべて排除するしかない……」

「うんうん！　それでこそおねーちゃんだよ！」

美月は朗らかに笑った。

デートのときのダメージが大きすぎて姫沙は己《おのれ》を失っていたが、お陰で取り戻せた。持つべきものは優しい妹だ。

「……ありがとね、美月。私、頑張るわ。なにがなんでも婚約を妨害して、北御門さんをこの手に収めてみせる」

「頑張って、おねーちゃん！　応援してるから！」

美月は両手でゲンコツを作って力づけた。

姫沙は珍しく妹のことを可愛く感じ、その頭を撫でてしまう。

「でも……いいの？　美月だって北御門さんのこと、気に入ってるのに……」

「いいの！　帝くんが義理のおにーちゃんになったら、いつでもえっちなことできるし！」

美月は、にまーっと妖《あや》しく笑った。

発育途上ながらも美しい軀《からだ》をくねらせ、人を惑わすような光を瞳に宿らせる。

普段がアホすぎて周りも忘れがちだが……この少女も南条一族の直系だったのだ。

欲しいものを手に入れるためなら、手段を選んだりはしない。

「北御門さんは姉妹の共有財産じゃないからね――――――!?」

姫沙は釘《くぎ》を刺すが、美月は耳を傾ける素振りもなかった。

帰宅しようとした帝《みかど》は、蒼世《そうせい》学園の玄関がざわついているのに気づいた。

入り口に生徒たちが詰まり、野次馬《やじうま》のノリでささやき合っている。

「おい、あの制服……」「うちの生徒じゃないよな……」「ほら、あそこだよ、あそこ。女子校の……」『めちゃくちゃ美人じゃねーか』『誰《だれ》を待ってんだ？』『声かけてみるか？』

そんな好奇の目に晒《さら》され、居心地悪そうにたたずんでいたのは、静川凛花《しずかわりんか》。

着物姿だった顔合わせのときとは違い、濃紺の制服に白のスカーフと黒のタイツを身に着けている。飾り気のない服装だが、楚々とした凛花にはよく似合っていて、逆に微《かす》かな色気を感じさせる。

同じく名門である蒼世学園の生徒たちの中にあっても、凛花の気品と容姿は目立っていた。

注目されて困惑している様子が、また控えめな彼女の魅力を増している。

帝が野次馬たちのあいだを抜けて近づいていくと、凛花は顔をほころばせた。

「帝様！　お待ちしておりましたわ！」

目を輝かせ、学生鞄《かばん》を抱えて帝に駆け寄る。黒く艶《つや》めいた革靴が踊る。

「どうした、凛花？　うちの学校に用事か？」

帝が驚いて尋ねると、凛花は可愛《かわい》らしく頰《ほお》を膨《ふく》らませた。

「違いますわ。帝様のお顔を見たかったんですの。未来の夫を迎えに来ては駄目ですか？」

「いや……、駄目じゃないが……」

正直、どきっとした帝である。周囲から向けられる羨望《せんぼう》の眼差《まなざ》しを肌に感じる。凛花のような少女からストレートな好意をぶつけられて、嫌な気分になる男がいるわけもない。

凛花は胸を撫《な》で下ろす。

「良かったですわ。帝様に怒られてしまうかと思いました」

「怒ったりはしない。先に連絡をくれたら、もっと早く帰ったのに」

「そうしたら、逃げられてしまうかもしれないではありませんか」

「いや……逃げないよ」

などと答えつつ、帝はいまいち確証がない。凛花の気持ちは嬉《うれ》しいが、自分は他《ほか》に好きな人がいるのだ。

「冗談ですわ。帝様を驚かせたかったんですの」

凛花はくすりと笑った。

「すみません、すみませーん！　通してくださーい！　潰《つぶ》さないでー！」

そこへ、野次馬の壁を押し分けて木影《こかげ》がやって来る。子リスのような瞳《ひとみ》に好奇心の光をきらめかせ、凛花にカメラのレンズを向ける。

「こんにちは！　今、『未来の夫』なんて気になる言葉が聞こえたんですけど、どういうことですかっ⁉　お二人はお付き合いしてるんですか⁉」

「あ……この前のストーカーさんですわ……」

凛花は目を見張った。

木影は慌てて訂正する。

「ス、ストーカーじゃないですよーっ！　わたしは瓦屋《かわらや》木影。蒼世学園の新聞部員で、帝くんのクラスメイトです」

「帝様は同級生にストーキングされているのですか⁉」

「だから違いますって！　違いますよね、帝くん⁉」

「どうだろう……自信がない」

「やっぱりですわ！」

「帝くーーーーーーん⁉」

警戒して帝の後ろに隠れる凛花、焦《あせ》る木影、面白《おもしろ》そうに観察する野次馬たち。

帝は木影に申し訳ない気もするが、彼女による数々のパパラッチ行為はもはやストーカーの域に達しかけているので、擁護してやることができない。

と、ただでさえ騒がしい玄関に、姫沙《きさ》が現れた。

凛花の姿を見るや、小さく鼻を鳴らす。

「あら……静川さんじゃない。こんなところまで乗り込んでくるなんて熱心ね」

「……南条《なんじょう》さんには負けられませんから。帝様を盗まれないよう、見張っておかないと」

「心配しなくても盗んだりはしないわよ。泥棒猫はそっちなのだから」

「違いますわ！　わたくしはっ、ずっと昔から帝様を存じ上げてっ……！」

ばちばちと、激しい火花が二人のあいだから飛び散る。

不穏な空気に、野次馬たちが色めき立った。

木影も興奮してカメラのシャッターを切ろうとしたので、帝はとっさに取り出した接着剤でレンズの表面を固めておく。

「きゃ――――――!?　お父さんからもらった大事なレンズが――――――!?」

木影は半泣きで外に駆け出していった。接着剤を溶かす道具を買いに行ったのだろう。これぞ北御門家奥義『報道規制（物理）』である。

凛花は帝の腕にしがみついて姫沙を睨《にら》んだ。

「いずれにせよ、もうすぐすべて終わりですわ！　婚約の儀さえ済めば、誰も帝様に手を出せませんもの！　それまで余計なことはしないでくださいまし！」

「ふふ……余計なことはしないわ……そう、余計なことはね……」

愉《たの》しそうに笑う姫沙。

「その笑みはなんですの⁉　絶対なにか良くないことを考えてますわよね⁉」

凛花は髪の毛を逆立てるようにして警戒した。基本的に清楚《せいそ》で大人しい少女なのに、姫沙が絡《から》んでくると反応が過剰になる。

「ううん、考えていないわ。自分以外の世界中の人が幸せになれますように……ってことくらいしか考えていないわ」

「完全に嘘《うそ》ですわ！　世界中の人を蹴《け》落として自分だけは幸せになりたいって顔ですわ！」

「まさか。私はいつもみんなの幸せだけを考えてるわよね、北御門さん？」

「それはない」

帝は断言した。擁護の余地もなかった。

とはいえ、そういうワガママで自分の気持ちに素直な姫沙を好きになってしまった自分も自分だとは感じるのだけれど。凛花のような生真面目《きまじめ》な善人を好きになれたら、それが一番幸せな人生ではあるのだろう。

「ひどいことを言うわね、北御門さん。私のこと、誤解していると思うわ」

姫沙は悲しそうに首を振った。

「いや……お前のことはよく分かってるつもりだぞ……」

「それはつまり私への愛の告白と取ってもいいのよね⁉」

「なんでだ！」

「私の最大の理解者が北御門さんってことでしょう？　つまり愛よね！」

「愛ではない！」

愛だった。姫沙の毒々しいところも、自分勝手なところも、ヘタレなところも、誰より乙女《おとめ》なところも、余さず理解した上で受け入れてしまっているのが帝だった。

「あ、あの……帝様……？　そろそろ帰りませんか？　車を待たせておりますし、今日は静川グループのレストランでオートキュイジーヌでも……」

凛花が不安そうに帝の腕を引いた。

「あ、ああ……」

帝はぎこちなくうなずく。

気は進まないものの、許嫁《いいなずけ》の誘いをむげに断ることもできない。凛花は姫沙と帝の関係を静川家に黙ってくれているようだが、もし事情が静川家に知れたら大騒ぎになってしまう。

「それでは、南条さん。失礼させていただきますわ」

凛花はその場から急いで離れようとする。帝の腕に両腕でしがみつき、決して逃すまいと拘束している。

きり、と帝の背後で歯ぎしりの音がした。

だが、帝が振り返って見れば、姫沙は穏やかな微笑を浮かべている。

「またね……北御門さん。ゲームは絶対に私が勝つから」

滲《にじ》み出す覚悟の気迫に、帝は身が引き締まる思いがした。たとえ許嫁がいようと、婚約の儀が迫っていようと、姫沙は諦《あきら》めてなどいない。

——なにを仕掛けてくる？　お前はなにを考えている……？

不敵に笑う姫沙に、帝は拳《こぶし》を握り締めた。


ベッドが揺れている。

縦揺れ、横揺れ、斜め揺れ。

凄《すさ》まじい勢いで、あらゆる方向に、ベッドが激動している。

それだけではなく、風も強い。後継者の身を守るために完全密封された寝室のはずなのに、轟々と吹き荒れ、帝の体温を奪っていく。

いや、そもそも、と帝は沈み込むような眠気の中で懸命に考える。

——俺《おれ》は、自分の寝室まで、帰ったか……？

鈍い思考を働かせ、思い出す。

確か、昨日は帰る途中で書店に寄って、それから……。

——それから……？

その先の記憶がないことに気付き、帝は全力でまぶたをこじ開ける。

目に入ったのは大空だった。

真《ま》っ青《さお》な空の下、帝は深い谷にかけられた吊り橋《つばし》の上に横たわっていた。

一瞬にして眠気が吹き飛び、跳ね起きる。

吊り橋は観光地によくあるタイプの頑丈な金属製などではなかった。縄製だった。ロープを岸から岸へと渡し、そこに薄っぺらい木の板を組み込んで造られていた。しかも木の板は老朽化していてあちこちが砕け、抜けている箇所すらあった。

「なんだこれはああああああああ――――!?」

谷底から吹き上げる大風に煽られ、帝は絶叫を響かせる。

吊り橋から谷底までの距離は数十メートル、そして水は干上がっているから、落ちたら死ぬ。臓物をぶちまけて死ぬ。自分のあえない最期《さいご》の姿を想像すると、帝はきつく吊り橋の手すり（ロープ）を握り締めてしまう。

「おはよう、北御門さん。朝から元気いっぱいね」

すぐ近くに立っていた姫沙が、にっこりと微笑みかけてきた。

まあなんとなくいるんだろうなと予想していた帝である。

「どういうことだ!?　これは夢か!?」

「夢かどうかは、飛び降りてみれば分かるんじゃないかしら。痛かったら現実、痛くなかったら夢、そういうことでしょ？」

「現実だったら取り返しがつかないだろうが！」

「一命を取り留める可能性だってあるわ」

「取り留めない可能性の方が高いだろ！　９９・９９９９９９パーセント死ぬだろ！」

「希望を捨てちゃ駄目よ……どんなときも！」

「うるせえ！」

　拳を握り締めて元気づける姫沙に、帝は詰め寄る。

「これはお前がやったのか⁉　目的はなんだ⁉」

　普段から理解不能な南条姫沙だが、今回はいつもの数十倍増しぐらいに意味不明である。本人の口から聞き出さなければどうしようもない。

　姫沙は唇に人差し指を添え、静かに語る。

「吊り橋効果って……知ってる？」

「……は？」

　帝はぽかんとした。

「吊り橋の上にいるようなスリリングな状況だと、恐怖や緊張のドキドキが恋心のドキドキに変わっていくという現象よ。つまり、今の北御門さんは私に最も惚《ほ》れ込《こ》みやすい心理状態にある……生まれたての子鹿のように無防備だということなのよ…………！」

　高らかに言い放つ姫沙は、ガタガタと震えまくっていた。顔を真っ青にして吊り橋のロープにしがみついていた。

「……南条が生まれたての子鹿みたいに震えてるんだが。自分で仕掛けておいて怖がりすぎじゃないか？」

「ふふふふ震えてないわ！　北御門さんが起きるまで一時間ここに立っていたからって恐怖で気絶しそうになってなんかないわ！」

「……よく頑張ったな」

「なにその同情の視線は⁉　ホントに怖くなんてないんだから！」

姫沙は涙目だ。成績は学年トップなのにアホすぎる彼女を、帝は抱き締めてやりたい衝動に駆られた。

姫沙は精一杯の虚勢を張って顎《あご》を突き上げる。

「北御門さんが余裕ぶっていられるのも、今のうちだけよ！　あれを見てみなさい！」

「あれ……？」

彼女が指差した先、吊り橋の端では……今まさにロープがちぎれて木の板が次々と墜落していっていた。その波はとてつもない速度で広がり、二人の方まで向かってくる。

「ど、どう⁉　吊り橋効果を最大限に高めるため、一時間で吊り橋が壊れるように仕掛けを設定しておいたわ！　北御門さんがちゃんと一時間で目を覚ますかどうか心配だったけど……、なんとか間に合ったみたいね！」

「言ってる場合か‼」

帝は姫沙の手首を摑《つか》むと、直《ただ》ちに走り出した。

ロープが弾《はじ》け飛んでいる方角の反対へと、無我夢中で駆ける。斜めになっていく吊り橋を、這《は》い上がるようにして疾走する。

「ちょっと強引《ごういん》すぎない⁉　このまま私をどこに連れて行くの⁉」

「向こう岸だよ！」

最後には板を強く蹴りつけ、地面へと跳躍する。

転がり込むようにして着地し、なんとか崩壊を免れた。

二人とも地面に這いつくばって肩で息をする。

姫沙がびくびくと震えながら尋ねる。

「吊り橋効果はどうだった？　ドキドキが私への恋心に変換されたかしら？」

「命の危険がありすぎてそれどころじゃなかった！」

「お、おかしいわね……この方法は絶対に上手くいくって専門書にも書かれていたのに……」

「専門書⁉　なんの専門書だ⁉」

帝は心臓が破裂しそうなほど鳴っていた。ここまで寝起きに命の危険を感じたのは生まれて初めてだった。

「あと言っとくが、これは吊り橋効果じゃない！　吊り橋だ！」

「似たようなものじゃないかしら？」

「似てねえよ！　モノの喩《たと》えをリアルに再現するな！」

帝は起き上がって辺りを見回す。

それは見たことのない風景だった。

赤茶けた岩肌の峡谷に、広漠たる荒野。

蔦の絡まり合ったような草が転がっていて、所々にサボテンが生《は》えている。

遙《はる》か遠くに見えるのは、切り立った山々。空は高く、極彩色に映えている。

耳がやたらと長い狐のような生き物が、こちらをうさんくさそうに眺めながら走っていく。

「……何国だよ⁉」

帝は愕然《がくぜん》とした。

姫沙はくすりと笑う。

「もちろん日本よ。学校から一時間くらいの場所ね。目が覚めたら外国に拉致《らち》されていたなんて突拍子もないこと、あるわけないじゃない」

「起きたら崩れかけの吊り橋の上に拉致されてたなんてことも充分突拍子ないんですが！」

帝は柄にもなく丁寧語にならざるを得なかった。

「まあ、一時間といっても、自家用ジェットで一時間だけれど。ここは、日本遠洋に南条家が所有する無人島よ。法律上は日本で間違いないわ」

「無人島……だと……？」

帝は嫌な予感がした。彼女の考えていることが、なんとなく読めた気がしたからだ。

姫沙はよろめきながら立ち上がった。

手の震えを抑えるように腰に手を当て、帝を真正面から指差す。

「そう、私の計画は終わってなどいない……吊り橋効果プロジェクトは、ここからが本番。無人島でスリリングなサバイバル生活を送るうちに北御門さんが吊り橋効果で私に惚れ込む、そのプロジェクトは今始まったばかりなのよ――――!!」

「…………」

誇らしげに宣言する姫沙の両頰を、帝は無言で締め上げた。

「ふぁ!? にゃ、にゃにするのよ北御門ひゃん！　実力こうひはルールいひゃんよ！　やるならちゃんと頭を使って闘わにゃいと！」

じたばたともがく姫沙。

冷たいほっぺたの感触が心地良い。

「いいから、早く帰りの飛行機を呼ぼうか。四日後に婚約の儀があるから、それまでに帰らないとまずい。いや、俺が行方《ゆくえ》不明の時点でいろいろとまずい」

既に北御門家は大騒ぎになっていることだろう。もし本格的に調査が行われて真相が突き止められ、南条の娘が北御門の後継者を誘拐していたのが知られれば、戦争が勃発《ぼっぱつ》する。

北御門家は総力を挙げて南条家を潰しに行くだろうし、南条家は邪魔者をすべて物理的に排除していくだろう。

そうなれば、姫沙を恋愛ゲームで陥落させて北御門家に取り込むなんて夢のまた夢。それどころではなくなってしまう。

「で、でも、呼ぶのは無理よ！　飛行機は本土に帰しちゃったし、ここは圏外だし！」

「……なに？」

帝は姫沙の頬をこね回すのをやめ、自分のポケットに手を突っ込む。

ポケットの中には、ちゃんとスマートフォンが残っていた。画面を表示すると、時刻は午前十時、アンテナは……圏外。

姫沙が朗らかに胸を張る。

「ね、私の言った通りでしょ？　私の正直さを褒めてほしいわ！」

「褒められるか！　どうするんだよ!?　どうやって帰るつもりだったんだよ!?」

「大丈夫、一週間後には帰りの飛行機が来る予定よ！」

「その頃《ころ》には死んでそうだな！　というか、婚約の儀に間に合わん！」

帝は焦った。婚約の儀はやりたくてやるのではないが、北御門一族に怪しまれないためには縁談を進めておかなければならない。

「なにか、他に方法はないのか？　どうしても本土と連絡を取りたい」

「……あっても教えないわ」

姫沙は哀しそうに目をそらした。

この反応は、あるという意味だ。

「今回ばかりは、本当に冗談じゃない……頼む」

帝は姫沙に頭を下げた。

「うう……」

たじろぐ姫沙。

ため息をつくと、不承不承といったふうにポケットへ手を入れる。

「いざというときのため、救難信号を出す装置は持ってきているわ。これで……」

ごそごそとポケットを探る姫沙。

「あれ……？　あれ……？　なんで……？」

「まさか……なくしたとか言わないよな……？」

「あ、あり得ないわっ……私がそんな間抜けなことっ……」

姫沙の表情に焦りが浮かぶ。すべてのポケットを裏返し、服の中にまで手を入れるが、なにも見つからない。

「もしかして……吊り橋で落としたんじゃないか？」

だとしたらスイッチは谷の底。帝の言葉に、姫沙はさーっと青ざめる。

「ど、どうしたら⁉　どうしたらいいの北御門さん⁉」

「知るか！　自分でやっといてパニックになるな！」

「そ、そういえば！　島の西の端には、めったに使わない別荘があって、一応電話も引いていたはずよ！　四日で着けるかどうかは分からないけど……」

「それだ」

帝は空を見上げ、太陽の位置と時刻から方角を割り出した。

長距離の移動に備えて靴の紐《ひも》をしっかり結び直すと、姫沙に手を差し伸べる。

「え、な、なに……？」

戸惑う姫沙。

「お前も一緒に来い。こんなところに女の子を一人で放置はできないからな」

「怒って……ないの？　私、北御門さんのスケジュールを壊しちゃったのに……」

「ゲームのためなんだから、仕方ないだろう。お前の家の島に招待してくれて、ありがとな」

帝は微笑した。

姫沙がとんでもないことをしでかすのには、とっくに慣れている。そんな自由で刺激的な彼女に、帝は惹《ひ》かれてしまっているのだ。

難儀な相手だとは思うけれど、退屈だけはさせられない。姫沙を北御門家に迎えることができたら、帝は一生を楽しく過ごすことができるだろう。

「招待、とかじゃ……」

「もし婚約の儀が控えてなかったら、この島で遊ぶのも悪くなかったんだが……、今回は早めに帰るよ。とりあえず、一緒に帰ろう」

「北御門……さん……」

姫沙の瞳が揺れる。

「うん……帰りたくないけど……、一緒に行く」

その細い手が、帝の方へと差し出された。

帝は姫沙の手を軽く握る。それだけで鼓動が一気に速くなる。

姫沙の手がきゅっと握り返される。なめらかな肌の感触に、帝とはまったく違う弱々しい骨格。帝の体温が急上昇していく。

「い、行こうか……」

「え、ええ……」

二人は緊張気味に言い交わすと、視線を合わせることもできずに歩き出した。

そこは無人島とは思えないほど広く、どこまで進んでも海岸が見えなかった。

幸い、気温は高くないので水分の蒸発は抑えられたが、ひたすら歩き続けると喉《のど》が渇いてくる。とりわけ姫沙は体力の消耗が激しいようだ。

「ごめんなさい……ちょっとだけ休ませて」

そう言って彼女が木陰《こかげ》に座り込んだのは、午後五時になる頃だった。

帝は時刻を確認するとすぐにスマートフォンの電源を切ってポケットにしまい込む。充電する手段がない以上、できる限り電池は大事に使わなければならない。

「大丈夫か？　かなり疲れてるよな」

帝は姫沙の隣に腰を下ろした。

「平気。普段あんまり徒歩で移動してないから、慣れていないだけよ。そのうちゴリラみたいに脚の筋肉が発達して大平原を駆け巡れるはずよ」

「そんな南条は見たくないが……」

彼女には今のままの彼女でいてほしかった。

姫沙はしょんぼりとうつむく。

「やっぱり、私のことは置いていった方がいいんじゃないかしら。足手まといだし、北御門さんに迷惑をかけた私の自業自得だし」

「今さらだ。反省するくらいなら、最初からやらなきゃいいだろ」

帝は軽く笑った。

「だって……他にいい方法が見つからなかったから……」

姫沙は手の平を握り締める。いつもと違って、やけにしおらしい。思い詰めたような表情の彼女は、今にも倒れてしまいそうな脆《もろ》さを覗《のぞ》かせていた。

帝は姫沙を支えてあげたい衝動に駆られるが、すぐにはっとする。

――もしかして、これが吊り橋効果か⁉　南条の計画通りなのか⁉

即座に身構えるものの、姫沙が追撃してくる素振《そぶ》りはない。木の幹《みき》に背中を預け、膝《ひざ》を抱えて黙り込んでいる。どうやら、本当に疲労困憊《ひろうこんぱい》しているらしい。

「……仮眠でも取るか？」

「だ、大丈夫だと言ってるでしょ！　十分くらい休んだら、すぐに動け……」

言いかけた姫沙の体から、きゅるるるるーっと可愛らしい音が聞こえた。

沈黙。二人のあいだに無限の時間が流れる。

姫沙の顔がゆっくりと朱に染まっていく。

しばらくして、帝はためらいがちに尋ねた。

「……腹が減って歩けないのか？」

「私は空腹にならない生き物なのよ‼」

姫沙は激怒した。

「いや腹は減るだろ……真《ま》っ赤《か》な顔でなに言ってんだ」

「赤くないわ！　いえ赤いかもしれないけど、これは血！　北御門さんの返り血だから！」

「怖すぎるだろ！　別に腹の虫が鳴ったくらいで恥ずかしがらなくても……」

「は、恥ずかしがってなんかっ、な、ないからっ！」

めちゃくちゃ恥ずかしがっていた。膝を抱き締めるようにして震えていた。

――乙女心はよく分からんが……あんまり追及しない方が良さそうだな……。

帝はぼんやりとそんなことを思う。

「じゃあ……まあ、とりあえず、食べ物を探してくるよ。お前はここで待ってろ」

「そう言って私を置き去りにするつもりね⁉」

帝が歩き出そうとすると、姫沙が飛び起きた。

「置き去りになんてしないよ」

「するわ！　私がお腹《なか》を鳴らしたから！　女子力ゼロの私に愛想を尽かしたから！」

「それくらいで女子力がゼロにはならんだろ」

「なるわ！　体内に臓器があると意識させた時点で負けだもの！　臓器のある女の子って思われちゃったもの！」

「臓器のない女の子の方が怖いだろ！　というか別に意識なんてしてねえ！」

「嘘！　私の臓器から逃げようとしてるんでしょ⁉」

随分な慌てっぷりである。とはいえ、無人島に女の子が一人きりになるのは、不安を掻《か》き立《た》てても仕方のないことなのだろう。

「本当に大丈夫だ。すぐに戻ってくる」

帝は力強く保証した。

「だ、だったら、帰ってくる証拠を置いていって頂戴《ちょうだい》。えっと……、北御門さんの大事なモノ……洋服一式とかで私は構わないわ」

「俺は構う。さすがに無人島でも全裸は困る」

「石器時代の狩猟採集民みたいでよくない？」

「よくない。俺は文明を大事にしたい」

姫沙は小首を傾げる。

「文明が人間にもたらしたものって、メリットばかりなのかしら……？　時には文明の足枷《あしかせ》から解き放たれてみるのも必要なのでは……？」

「そんな深い話はしてない。代わりにスマホを渡しとくよ」

帝は姫沙の手に自分のスマートフォンを押し込み、振り切るようにして木陰を出た。

振り返ると、姫沙が帝のスマートフォンを握り締めて心配そうにたたずんでいる。出発するだけで一苦労だったが、姫沙から頼りにされているのは正直嬉しい。

——無人島生活って……いいかもな。

なんてことを、感じてしまう。

しかし、油断したら姫沙の思惑通りだと考え直し、頭を振って気持ちを引き締めた。

帝が食材の採集から戻ってくると、やたらと落ち着かない様子の姫沙が見えた。

木陰で忙《せわ》しなく立ったり座ったりし、きょろきょろと辺りを見回している。スマートフォンを胸に抱き、あちらこちらを行ったり来たりしている。

どうやら、まだ帝の帰還には気づいていないらしい。素材集めに時間がかかったせいか、まるで親とはぐれた小さな子供のように怯《おび》えきっている。

高校生の女の子としては当然の反応なのかもしれないが、それは普段の傲岸不遜《ごうがんふそん》な南条姫沙の態度とはかけ離れていて。

なんだか、素顔の愛らしい姫沙を見ることができたような気がして。

ついつい帝は遠くから彼女を傍観してしまう。

だが、すぐに姫沙は帝の存在に気付き、目を輝かせた。急いでいつもの見下ろすような表情を作り、もったいぶって咳払《せきばら》いする。

「あ、あら、まさか帰ってくるとは思わなかったわ。北御門さんも物好きね」

「すまん……遅くなって。心細かったよな」

「こ、ここここ心細いわけがないでしょう⁉　この島は南条家の所有物なんだから！　言ってみればここは我が家の一部！　自宅のような安心感よ！」

主張する姫沙は涙ぐんでいた。

「本当に悪かったって。だから泣くな」

「泣いてないっ！　泣いてるように見えたらそれは雨が目に入っただけよ！」

「こんな快晴で？」

「だって！　だってだって！」

意地っ張りな姫沙に苦笑しながら、帝は集めた素材で料理を始めた。

姫沙は泣き顔を見られたくないのか、そっぽを向いて帝のそばに座っている。

数十分後、帝は姫沙の前に料理の数々を並べた。

蒸し野草、キノコのソテー、柑橘《かんきつ》類と地衣植物のサラダ、野生獣のステーキ。いずれもしっかりと下ごしらえを施《ほどこ》され、かぐわしい香りが辺りに漂っている。

「えっと……なにこの謎《なぞ》の豪華さは……？」

姫沙はお腹の音を誤魔化す余裕もなく戸惑っている。

「腹が減ったと言うから多めに用意してみただけだ。泉でくんできた水もある」

帝は大きな葉で作った容器を姫沙に手渡した。

「北御門さんって、北御門さんだったわよね……？」

「質問の意味が分からん」

「どこかの遊牧民族とかじゃなかったわよね？　現代の日本人よね？」

「そうだな、お前と同い年だったはずだが」

「じゃあ、なんでこんなにサバイバル能力が高いの？　軍人かなにかなの？」

姫沙は不思議で仕方ない様子だ。

帝は小さく笑う。

「軍人じゃないけど、北御門一族は万一の事態に備えて訓練されてるからな。首都が壊滅しても自力で生き延びて政府を存続させることができるように、生存術も叩《たた》き込まれる」

ポケットの財布から小型の十徳ナイフと着火装置を取り出して見せる。

「どれだけタフな政治家を目指してるのよ……そういうことは軍人に任せておきなさいよ」

「軍部が常に味方とは限らないからな。クーデターが起きて身柄を拘束されたときのため、脱獄のスキルも叩き込まれる」

「へ、へえ……」

姫沙は呆《あき》れ半分、感心半分といった表情だ。

「いいから食え。お前と違って毒は入れてない」

「私もまだ北御門さんに毒を盛ったことはないわよ！」

「まだ……？」

大変気になることを言いながら、キノコのソテーを口に運ぶ姫沙。

恐る恐る嚙《か》み締《し》め、それから顔をほころばせる。

「おいしい！　おいしいわ、これ！　味はついてないのにおいしい！」

「それが素材の味というやつだ。本物の素材には、余計な調味料は要らないことが多いんだ」

帝は料理ドラマの主人公のようなことを語ってみた。

「つまり……世界から調味料を根絶するのが私の使命……？」

「そこまでせんでいい」

「でも、おいしいわ！　このお肉も、なんのお肉か分からないけどおいしいわ！」

姫沙は大喜びでステーキをかじる。

彼女の無邪気な笑顔を見るだけで帝は自分まで嬉しくなるのを感じ、肉の生前の姿については黙っておこうと心に決めた。

なぜなら、姫沙を悲しませたくないから……味だけに集中してほしいからだ。

新緑の匂《にお》いを載せた風に吹かれながら、二人はサバイバルな料理を腹に収めていく。

姫沙は上品に喉を動かして蒸し野草を平らげ、目を瞬かせた。

「そういえば……北御門さんとディナーをいただくのって、これが初めてね……」

「これはディナーなのか……？」

「ディナーはディナーよ。しかも初めてが無人島で、シェフが北御門さんだなんて、いい思い出になるわ」

「無事に生き残れたら、だけどな」

帝は頬を掻いた。

あまり神妙なことを言われると、こちらも調子が狂ってしまう。

「ありがとう、北御門さん。今夜は最高のディナーだったわ」

「いや……たいしたことはない」

姫沙は照れくさそうに目をそらして告げる。

「あなたは最高のシェフね。北御門さんさえ一緒にいてくれれば、どんなところにいても生きていける気がするわ」

「ぐうっ……！」

帝の心臓に五千億のダメージである。

微妙にプロポーズっぽい感じはするが、決してプロポーズではない、ゲームのルールぎりぎりを突いた言葉。それだけに破壊力は致命的であり、帝の精神防壁は突破されかかっている。

これはまずい。このままでは、死んでしまう。

そう察した帝は、姫沙の攻撃を反射することにした。

すなわち、告白やプロポーズと判定されない限界のラインで、本音を解き放ったのだ。

「喜んでくれて嬉しいよ。南条の可愛い笑顔を見られたから、俺は満足だ」

言ってしまってから、なんて大胆な発言なのだと羞恥心《しゅうちしん》に襲われる。

まったく嘘ではないのだが、しかし、恥ずかしすぎる。別の意味で死ねる。自分はこの島固有の熱病にでも取り憑《つ》かれたのだろうかと心配になる。

さぞ馬鹿《ばか》にしたような失笑を浮かべられているに違いないと思い、姫沙の方を見やると。

「か、かわ、かわ、かわわわわわっ……」

姫沙は言語機能を失って地面にぶっ倒れていた。顔が真っ赤だった。

覇気に満ちた日常からは想像もできない覚束《おぼつか》ない発音で、つぶやく。

「だ、だめ……わたし、きぜつする……したをかんでしぬ……」

「なんでだよ！　なにがどうなったら自決に至るんだよ！」

「だって北御門さんがとんでもないことを言うから！　ずるいわ！　なんか、わたしのえがおがっ、か、かわいいとか！」

頭から湯気が噴き出しそうな様子の姫沙。

地面に倒れたまま膝を抱え、どんどん縮こまっていく。

二人共が満身創痍《まんしんそうい》。

帝も姫沙も、これ以上の攻撃に耐えられそうにない。相打ちである。

「とりあえず……飯を終わらせるか……」

「え、ええ……」

うなずき合い、無言で食を進める。

口には出さないが、暗黙の休戦協定が結ばれていた。もしこのまま戦闘を続ければ、お互い無傷で済む感じがしなかった。

料理がなくなる頃には、すっかり陽《ひ》は落ち、遠い藍色の空にわずかな日照の残滓《ざんし》が浮かぶのみとなっていた。

帝と姫沙は満腹の吐息を漏《も》らし、皿代わりの葉を地面に置く。

「もう今から移動は無理だな。どこか泊まれる場所があればいいんだが……」

帝がつぶやくと、姫沙は慌てたように視線を泳がせた。

「そ、それって、ホテルって、ことかしら……？」

「無人島にホテルはないだろ……むしろあるのか？」

「な、ないわね……ごめんなさい、ちょっと焦って……」

「そ、そうか……」

さっきからの妙な空気はまだ続いているようだ。

「この島、さすがに肉食の獣とかはいないよな？　いたら夜は危ないんだが」

姫沙は口元に指を添えて考え込む。

「どうかしら……。昔は生態系のバランスを崩すための実験で、いろんな生き物が投入されていたらしいから、確信はないのだけれど……」

「……なぜ生態系のバランスを崩す実験をしていたのかは聞かないことにしておくが、道理でやけに食材が充実してるわけだ」

日本では見かけない種類の動物が駆け回っていたし、風景もアメリカン。島全体が実験場なのだとしたら納得だ。

「ちなみに、この島で実験が成功したら、日本全体の生態系のバランスを狂わせて国を傾ける計画もあったんだけど、途中で古代の爬虫類が——」

「事情は聞かないと言ってるだろ！」

「聞きなさいよ！　いずれ私の奴隷になったら、あなたも南条の仕事を手伝うようになるんだから！　今のうちに聞いて深入りしておきなさいよ！」

「深入りしたくないから聞かないんだ！　南条家の色に俺を染めるな！」

帝は手の平で耳を塞《ふさ》いだ。姫沙のことは好きだし北御門に取り込みたいと思っているが、その前に南条家の闇《やみ》に自分が呑《の》み込まれてしまうのは困る。

姫沙はくすっと笑った。

「もう、冗談よ。生態系を壊して日本が滅びちゃったら、南条家も困るでしょ。この島では絶滅危惧種を繁殖させて裏ルートで売りさばく計画が進んでいただけよ」

「それなら……まあ……マシなのか……？」

感覚が若干ずれてきている気がする帝。清廉潔白な北御門家とは正反対にいる南条家の娘なだけに、喋《しゃべ》っていると予想もつかない情報が雪崩《なだ》れ込んでくる。

「とにかく、なんの生き物が棲んでいるのか分からないなら、安全な場所で寝ないとな」

「ええ。できればシャワーと洗面台もほしいわ」

「それはないと思う」

帝と姫沙は野草ディナーを済ませた木陰から出発した。

謎の虫が飛び交う暗い森の中、下生えを掻《か》き分《わ》けながら進む。

月光だけでは進行方向を保つことさえ難しく、帝は貴重な電池を消費してスマートフォンのライトを使うしかなかった。

何度も姫沙が木の根に足を取られてすっ転び、額《ひたい》を押さえて起き上がる。帝は手を貸そうとしたが、姫沙は意地を張って借りようとしない。

夜も遅くなり、ようやく二人は手頃《てごろ》な洞穴にたどり着いた。

奥に野獣が潜んでいないのを帝が確認してから、入り口に柵と焚《た》き火《び》を配置し、ひとまずの安全地帯をこしらえる。柵にはイバラを巻きつけているし、その内側では獣の嫌う炎が赤々と燃えているし、そう簡単には侵入されないだろう。

それらの準備が終わると、二人は大きく息をついて地面に座り込んだ。

遠足よりもハードな移動距離に、どちらも疲れ果てていた。ごつごつした岩肌の壁に背中を預け、脚を伸ばす。

帝は肩をすくめた。

「結構、寝心地が悪いな……昼間のうちに草でも集めておくべきだったか……」

「ごめんなさい……私が北御門さんを連れてきたせいで……」

うつむく姫沙に、帝は急いで言い添える。

「いや、俺は別に構わないんだ。野宿の訓練もやってるし。ただ、南条をこういうところに寝かすのは可哀想《かわいそう》な感じがしてな」

「わ、私は大丈夫。むしろ、楽しいの」

「え？　なんでだ？」

「それは、その……」

姫沙は指をいじって口ごもる。焚き火の光に照らされた頬は火照っていて、眩《まぶ》しそうに目を細める仕草が愛らしい。

姫沙は唇を結び、ちらちらと帝の方を見やった。物言いたげな様子だが、いったいなにを考えているのかは分からない。彼女の緊張が伝わってきて、帝も落ち着かない気分になる。

姫沙が意を決したように口を開いた。

「あ、あの……ね。寒い、から……くっついて寝ても、いいかしら……？」

上ずった声。恥ずかしくてたまらなさそうな顔。

その破壊力は抜群で、帝は思わず声を裏返させてしまう。

「……は⁉」

「あっ、イヤならいいの！　あとこれは北御門さんを求めてるとかそういうのじゃないから！

単純に布団《ふとん》代わりだから！　そういう必要に迫られたお願いでっ、えっと！」

姫沙はあわあわと手を振って弁解する。

「あ、ああ、布団代わりなら仕方ないな……」

「でしょ⁉　北御門さんも風邪引くかもしれないしっ、これは利害の一致よね！　特に深い意味はないわよね！」

「なにも深い意味はないな……まったくない！」

帝は断言した。実際は深い意味しかないが、ここは話を合わせておいた方が幸せになれる。

そもそも、姫沙からそんなことをお願いされて断れるわけがないのだ。

「じゃ、じゃあ……失礼するわね」

「お、おう……」

帝の隣に姫沙が体を寄せてくる。

華奢《きゃしゃ》な肩がぴっとりと密着し、帝は心臓が押し潰されそうになった。

彼女の小さな息遣いが伝わってくるほどの距離。甘い香りと、涼やかな髪の感触。姫沙の体温……いや、命の脈動そのものが、肌で感じられる。

帝も、そして姫沙も、二人共が身を硬直させ、ひたすら焚き火を凝視していた。

「ね、ねえ……もしかして、緊張してる……？」

「まあ……な」

否定《ひてい》できない。たとえ否定したとしても、嘘は簡単に知られてしまう。それくらい帝の心臓は鳴っていたし、なんの誤魔化《ごまか》しも利《き》かないくらいに二人の距離は近かった。

「良かった……私だけだったら、なんだか悔しいもの」

ほっとしたように語る姫沙の横顔を、帝はまともに見ることができない。

彼女が緊張しているという事実が、こそばゆい。別にそれは帝が特別というわけではなく、異性と接触するという経験に慣れていないだけなのだろうけれど。

それでも、少しだけ期待してしまうのは、帝が取り返しのつかないくらい姫沙に惚れ込んでいるせいなのだろう。

焚き火の爆《は》ぜる音が、森から聞こえる虫の音に混じって、心地良い旋律を奏《かな》でている。夜風は冷たいけれど、帝の体は燃えるように熱い。

「私……きっと寝付けないわ……」

姫沙がつぶやく。

「……俺もだ」

疲れているはずなのに、帝は完全に目が冴《さ》えていた。

「……嘘ばっかり」

消えかけた焚き火に木の枝を放り込み、姫沙はほっぺたを膨らませた。

壁際では、帝が大の字になって寝息を立てている。その堂々たる姿からは、危険な無人島で野宿しているとはとても思えない。

「しっかり寝てるじゃない。私だけドキドキしちゃって、バカみたいだわ」

姫沙はちょっと腹立たしくなって、帝の頰をつついた。

ぷに。ぷにぷに。

妹の頰よりは硬めだけれど、良い感触。普段は決して弱みを見せようとしない彼の無防備な寝姿を目にするのは、圧倒的な優越感を与えてくれる体験だった。

そのとき、帝が寝返りを打ってうめいた。

意表を突かれた姫沙は身をこわばらせる。頰をつついていた体勢のまま、指を宙で止める。

だが、帝は目を覚まそうとはしない。その口から不明瞭な発音で漏れてきたのは……。

「なん……じょう……。飯はいくらでもあるから……遠慮する……な……」

どうやら、夢の中でもサバイバルしているらしい。拳を固め、額から汗まで流している。

「……すぐ寝ちゃっても仕方ないわよね。私のため、頑張ってくれたんだもの」

姫沙は微笑む。

それは恐らく相手が姫沙でなくても同じで、帝は近くに困っている人がいれば助けずにはいられないお人好《ひとよ》しなのだが……、そんな帝のことが姫沙は愛しい。

吊り橋効果を使って帝を打ち負かそうと思っていたのだけれど、島に来てから姫沙の方がダメージを受けっぱなしで、正気を保つのが精一杯という始末だった。

二人きりの時間は最高に楽しくて、無人島での帝はいつもの何倍も頼もしくて。策士策に溺《おぼ》れるとは、確実にこのことだ。

姫沙は帝の隣に寄り添って、地面に横たわった。固くて凹凸《おうとつ》が多くて、まともな寝床とは言えないが、それでも我が家の高級ベッドより気持ちいい。

「これだけぐっすり寝てたら……起きない、わよね……？」

姫沙は吸い寄せられるようにして、帝に顔を近づけた。ずっと我慢していたけれど、もう我慢できない。彼と二人でいる時間は、天国のような地獄だ。

「ちょっとだけなら……大丈夫……」

そう言い訳をしながら、姫沙は帝の唇に自分の唇を寄せていく。心臓の音がどんどん大きくなって、呼吸が苦しい。息が止まりそうになる。

もう少しで唇が触れそうなほど、二人の距離が狭《せば》まっていく。

「や、やっぱり……、むり！」

姫沙は最後の最後でヘタレてしまい、帝の胸に顔を押しつけた。

今のうちにファーストキスを奪ってやろうと思ったけれど、そんな勇気はない。緊張しすぎて続けられない。もし彼が目を覚ましてしまったらと考えると、怖すぎる。

姫沙が自分の臆病《おくびょう》さと闘っていたのに、相も変わらず帝はこんこんと眠っている。乙女心なんて知りもしないし、気付きもしない。

「早く……あなたの方からしてよね」

姫沙は帝の胸に顔をうずめたまま、小さくささやいた。


姫沙があくびばかりしている。

渓谷への道を歩きながら、帝は心配して彼女を見やった。

「……大丈夫か？　やけに睡眠不足みたいだが」

「誰のせいだと思ってるのよ」

姫沙は軽く睨んでくる。

「すまん。ちゃんとくっついてなかったから寒かったか？」

「もちろん寒かったわ。でも、私の方からちゃんとくっついてはいたわ」

「そ、そうか……」

「そうよ！　北御門さんったら、昨夜も勝手に先に寝てしまうんだもの。今後、私の許しなしにまぶたを閉じるのは許さないわ！」

姫沙は帝を指差して言い渡した。

「……『誰も寝てはならぬ』って曲が出てくるオペラを思い出したよ」

「トゥーランドット姫が求婚者の王子から仕掛けられた名前当てゲームに勝つため、国民に徹夜で王子の名前を調べさせる、ってオペラだったわね。なんだか……」

「少し俺たちに似ているか？」

「……ええ」

こくりとうなずく姫沙。

例のオペラでは、王子と姫の恋愛ゲームの結末はどうなったのか……と帝は記憶を探る。しかし、どうしても思い出すことができない。だがきっと、悪い結末ではなかったのだろう。

川にたどり着くと、帝は草で編んだ籠を抱えて水に足を踏み入れた。

澄み通った水の中では、小さな魚が元気に泳ぎ回っている。

「そんなゴミみたいな籠で魚が獲れるの？」

姫沙は首を傾げた。

「ゴミみたいとは凄い言いようだな……編むのに三十分はかかったのに」

「失礼、言い間違えたわ。そんなゴミ箱みたいな籠で魚が獲れるの？」

「あんまり変わってねえ！」

とはいえ彼女に悪意は見えなかった。ただ不思議そうに帝の様子を見守っている。

ここは実践して名誉挽回するしかない。

帝はしゃがみ込み、籠を水中で構えて魚を観察する。

その群れの分布と移動のパターンを見極《みきわ》め、進路を予想し、そして――。

「……せいッ!!」

帝は速筋を最大限の勢いで収縮させて籠を引き上げた。

踊る水面、きらめく水飛沫《しぶき》。逃げ遅れた魚たちが、籠の上で身を跳ねさせる。

姫沙が両手を合わせた。

「わーっ！　すごい！　すごいわ、北御門さん！　本当に獲れるのね！」

「地引き網の簡易版だ。糸と針がない状況では、こっちの方が確実だからな」

素直に歓声を送ってもらえるのは、男としては誇らしい。

姫沙は靴と靴下を岸辺に脱ぎ捨て、帝の方へと駆け寄ってくる。水を跳ね上げる真っ白な素足が陽光に映える。

「それ、私もやってみたいわ！　北御門さんごときができたのなら、私もできるだろうし！」

「ごときは余計だ！」

「いいから、ね！　ね！　やってみたい！　代償に私の残り寿命五十年あげるから！」

「代償でかすぎないか!?」

けれど無邪気にねだってくる姫沙に、帝は駄目とは言えない。

水を吸って重くなった編み籠を手渡されると、姫沙は用心深く水中を観察した。

籠を水中にゆっくりと沈め、魚たちが戻ってくるのを待ち構える。

前屈みになって籠を握っているせいで、スカートの裾《すそ》からは太ももが覗いていた。ほっそりとして透明感に満ちた、やわらかそうな素肌。ふるふると揺れる裾は蠱惑《こわく》的で、帝は固唾《かたず》を呑む。とても直視することはできず、目をそらした。

——ああ……、空が青い……。

なんて現実逃避をしながら、自らの煩悩《ぼんのう》を抑えつける。

正直なところ、心の底から惚れ込んでいる女の子と二人きりで無人島に居続けるなんて、いつ理性のタガが外れてもおかしくない状況だ。

「ね、ねえ……、北御門さん。どのタイミングで、籠を揚げればいいのかしら？」

しかし、不安そうに姫沙から尋ねられ、彼女の方に視線を戻すしかない。

姫沙はもはやスカートの裾を半分水につけるようにして屈《かが》んでいた。漁に集中しているせいか、スカートが濡《ぬ》れていることにも気づいていないらしい。

「魚の群れが元通り列を作って一箇所で泳ぎ始めたら油断してるってことだから、その隙《すき》を狙《ねら》って持ち上げるといいと思うぞ」

「……なるほどね。油断してるところを狙うのね……油断してるところ……」

繰り返しつぶやく姫沙のスカートは、そろそろ太ももを超越した部分まで覗いてしまいそうな段階に達している。魚よりも油断している姫沙である。

――ここにいるのが俺じゃなかったら狙われるぞ！

帝は声を大にして言いたいが、セクハラだと怒られそうなので指摘もできない。

「ええええええいっ！」

姫沙は盛大なときの声を響かせながら、全速力で籠を跳ね上げた。

ばしゃーんっと水飛沫。籠の上に魚は……ない！ 純白の素足のあいだをかいくぐるようにして、魚の群れが敏速に逃げていく。

「あら⁉ おかしいわね……」

再度チャレンジする姫沙。

「あら⁉ また⁉」

「そんな！ あり得ないわ！」

「なんで⁉ 北御門さんでもできたのに⁉」

「世界は……間違ってる！」

繰り返し繰り返し頑張るが、どうしても魚の方が姫沙より速い。成績に関しては全国トップを誇る彼女だが、運動神経はあまり良くないらしい。

見かねた帝が声をかける。

「南条……代わろうか？」

「いや！ 私だってできるって証明しないと悔しいし！」

涙目で言い張る姫沙がいじらしい。南条家の人間にとって、北御門の後継者に負けるのはプライドが許さないことなのだろう。

だが、太陽が天頂に登る頃には。

姫沙は一切《いっさい》の戦果を得られず、はぁはぁと息を切らして岩場で仰向《あおむ》けになっていた。

すぐそばには帝が腰を下ろし、編み籠には帝の獲った魚が大量に入っている。

「い、意外と、難しいのね……。残念だわ……もっと体調が良かったら、北御門さんの百倍は魚を捕まえられたのに……」

「この期《ご》に及《およ》んでなんだその負け惜しみは……」

帝は呆れた。負けず嫌いもここまで来たら芸術品である。

「それにしても、北御門さんって本当に生存能力が高いのね。このまま無人島で一生暮らすなんてこともできるんじゃないかしら？」

「まあ、できるかもしれないな」

素直に称賛の眼差しを送られ、帝は頬を掻く。

「ねえ……いっそのこと、このままここで暮らす……？」

姫沙は上半身を起こし、帝の目をじっと見つめた。彼女の声は妙な真剣味を帯びている。

「え……？」

「もし、よ？　もし、ずっとここにいたら、北御門も南条も関係ないでしょう？　恋愛ゲームなんて、しなくても……ずっと……」

一緒にいられる。

彼女はそう言いたいのだろうかと、帝は思った。

それは自分の勘違いかもしれないけれど、きっと自意識過剰なのだろうけれど。でも……、
純然たる事実だ。二人だけの世界に、家のしがらみは関係ない。

そうしてしまえば、帝は姫沙と引き替えに他のすべての世界を失うことになるが……。

「お前は……ずっとこの島にいたいのか？」

「それも、いいかも、しれないな、って……」

姫沙の体がぐらりとよろめいた。岩場に崩れ込み、弱々しく手を投げ出す。

その倒れ方は普通ではなかった。

まるで、あらゆる力が尽きたかのように、絶え絶えに息をしている。

「おい……大丈夫か？」

「だ、大丈夫、ちょっと……体が熱くて、寒くて……」

紅潮した顔、細かく震える躰。明らかに様子がおかしい。

帝は嫌な予感がして、姫沙の額に手の平を当てた。

熱い。燃えるように。

「本当に体調悪いのか……いつからだ？」

「一昨日……から……。でも、平気……」

姫沙は声を絞り出すようにしてささやいた。とても平気な様子ではない。

そもそも現代の日本に生きる高校生の少女にとって、サバイバル生活など無理があるのだ。眠るところも、食べるものも、移動手段も、あまりにもハードすぎる。

「……やっぱり、定住は駄目だ」

帝は姫沙の前に屈んで背中を差し出した。早く医者のところへ連れて行かないといけない。

「え、なに……?」

姫沙が戸惑う。

「歩くのもつらいだろう。おんぶしてやる」

「これ……借りにならない?」

不安そうな問い。

「ならない。そんなの、今さらだ」

帝が笑うと、姫沙はゆっくりと起き上がり、恐る恐るといったふうに帝の背中に体を載せた。控えめな膨らみが背中に押しつけられ、熱い吐息が首筋をくすぐる。

ぞくりとする帝。

彼女の柔肌の感触、その冷たい脚の感触が、魂の真髄まで染《し》み込んでくる。否応なく男の本能をそそられるが、無理やり内に押し込め、姫沙を背負って立ち上がった。

「まずは森で木の枝を集めて魚を焼く。具合悪いときこそ、きちんと食べないとな」

「北御門さん……なんだか所帯じみてるわ。三十路《みそじ》の主婦？」

「ほっとけ」

弱々しい声で毒を吐く姫沙を背中に守り、帝は川辺から歩き出した。


姫沙の体は心配になるほど軽かったが、人間一人を背負っての行軍は過酷を極《きわ》めた。

なにしろ、この島はやたらと起伏が多い。山を登っては谷を下り、時には足場もないことすらある。夜は凍《い》てつくように寒く、昼は茹だるように暑い。

北御門家の後継者として鍛えられているとはいえ、帝の脚は棒になり、全身の筋肉が悲鳴を上げていた。栄養状態や睡眠の質が悪いせいで、回復も充分に行われていない。

けれど、帝は立ち止まるわけにはいかなかった。

あと二日で、婚約の儀の日が来てしまう。

それだけではない。ますます体調の悪化していく姫沙を、早く病院に送り届けなければならないのだ。

「北御門さん……大丈夫……？　すごく疲れてるみたいだけど……」

背中の姫沙が疲弊しきった声で尋ねる。彼女の体は恐ろしく熱い。

落ち葉に覆《おお》われた山の急斜面を登りながら、帝は笑ってみせた。

「そんな状態の奴に心配されるほどじゃない。お前は静かに寝てろ」

「でも……」

心細そうな声。

普段とは大違いの弱々しい彼女に、帝は苦しくなる。

「俺は四十度の熱でも議会に行けるような訓練を受けているからな。この程度の疲れ——」

言いかけたとき、踏ん張りが足りなかったのか、不意に足が滑った。

倒れそうになる体、滑り落ちていく二人。

姫沙の悲鳴が響き、帝はとっさに近くの木の枝に手を伸ばす。

皮膚が擦れ、肉が焼ける臭気が立ち上った。

激痛、突き刺さる突起、それでも帝は手を放さず、木の枝と姫沙の体をしっかりと摑む。

「はあ……はあ……」

心臓が激しく鳴り、息が上がっていた。

姫沙を安心させるために虚勢を張りはしたものの、実際のところ帝の体力もかなり限界に来ているのだ。きっと姫沙もそのことには気付いている。

「ね、ねえ……ちょっとだけ、休憩しない？　私も少し横になりたいし……」

「あ、ああ……」

姫沙から懇願するように言われ、帝はぎこちなくうなずいた。自分の体は構わないけれど、姫沙まで道連れにするのは困る。態勢の立て直しが必要だ。

霧に包まれた山中を進み、屋根のように張り出した岩を見つけて、その下に避難した。

しばらく前に降り始めた雨は、勢いを増して外を叩いていた。

濡れた地面にもかかわらず、姫沙は力なく横たわる。そんなことをしたら熱が酷くなると帝は思うけれど、自分も地面に座り込まざるを得ない。

日本の光を支配する北御門家、影を操《あやつ》る南条家……財力と権力に満ちた両家も、大自然の中ではちっぽけな生き物にすぎない。

「私を運んでいたら……婚約の儀に間に合わないわね……」

姫沙がぽつりとつぶやいた。

「……いや、なんとか間に合わせる。俺はまだ本気を出していないからな」

「嘘よ。見ていて分かるもの。北御門さんの元気が、どんどんなくなっていくの。歩くのも遅くなってるし、体にも力が入ってないし……」

「………………」

帝は否定できなかった。

事実、今ここで意識を保っていることすら厳しい。どこか、ベッドのある場所でゆっくりと休みたい。そんな欲求が全身を支配していた。

「……迷惑かけて、ごめんなさい。私……、どうしても北御門さんに婚約の儀をしてほしくなかったの……だから、こんなところに連れて来ちゃったの……」

姫沙はうつむき、苦しそうに唇を結んだ。

「気にするな。俺も気にしていない」

帝は肩をすくめる。

「もう、私のことは置いていって。北御門さんだけならきっと間に合うわ」

「いや、きっちり連れて行く。山に置き去りなんてできるか」

ポケットからハンカチを取り出し、軽く絞ってから姫沙の髪を拭いていく。血色を失った頬も、青ざめて震える唇も。

姫沙は抵抗しようともせず、小さな声で問いかける。

「どうして……そこまでしてくれるの。私はいつも、あなたに迷惑ばかりかけているのに。無理やり恋愛ゲームに引っ張り込んで、振り回しているのに……」

「それは……」

好きだから。

そんな単純にして明快な答えを、帝は口にすることもできない。

ゲームのルール。好意の表明は敗北。

敗者は相手の奴隷になり、自らの一族を捨てる。

普通の高校生なら、告白して相手の返事を受けて終わりなのに。

憎み合う北御門と南条だから、恋愛ゲームのルールに縛られた二人だから。

愛を告げることさえ許されない。

「南条は……どうしてそこまで俺に婚約の儀をさせたくないんだ?」

帝は逆に質問で返すしかなかった。

「え……と、だって……わた、し……」

姫沙が口ごもる。寒さのせいか、体の震えがいっそう激しくなる。

沈黙が二人のあいだを支配した。

お互いの瞳を見つめながらも、言葉を発することができない。なにか通じ合うものがあるのを感じながらも、その正体を確かめることができない。

帝はため息をついて、姫沙を抱き締めた。

姫沙は驚きに身をこわばらせるが、すぐに抱き締め返してくる。

彼女の躰はとても小さくて、冷え切っていた。

けれど、濡れた二人も寄り添っていれば熱が生まれる。

そして、必ずや彼女を手に入れなければならないとの意志も。

どんなに南北の憎悪が強くても、どんなにゲームが困難でも、帝はこの小さな命がほしい。

常に隣にいて、自由な彼女と笑っていたい。

「……一息ついたら、出発しよう。一緒に」

帝が彼女を抱き締めたままささやくと、姫沙はこくりとうなずいた。


雷鳴が轟《とどろ》く。

土砂降りの雨が大地をさらい、泥を沼に変えていく。

視界すら満足に確保できない嵐《あらし》の中、帝は残る力を振り絞ってひたすら西へと進む。

背中の姫沙は既に精根尽き果てているのか、しがみつく腕も弱々しかった。すぐにずりおちそうになってしまい、帝がしっかりと背負い直す。だが、濡れた彼女の手足は滑りやすく、きちんと摑んでいることも難しい。

「寒い……」

姫沙が蚊の鳴くような声でつぶやいた。もはや震える体力もないらしく、ぐったりと顎を帝の肩に乗せている。

「もう少しだ。もう少しで、別荘に着くから。大丈夫だから」

帝は根拠のない言葉を繰り返した。まだ別荘の影も形も見えていないけれど、どうにかして彼女を元気づけたかった。

姫沙は答えない。その吐息が、徐々に小さくなっていく。

帝は臓腑《ぞうふ》が沈み込むような寒気を覚えた。雨のせいではない、恐怖がもたらす悪寒。そんなはずはないのに、彼女の命の灯が消えてしまいそうで、必死に声を荒らげる。

「姫沙!!」

「ふあっ!?」

姫沙の体が跳ねた。

「起きてるなら返事をしろ！　もうすぐ着く！　だから起きてろ！」

帝は怒鳴った。今の彼女に眠らせるのは、なにかまずい気がする。ちゃんと意識を保っていてもらわなければならないと、本能が告げていた。

「ね、ねえっ、今、私のこと姫沙って……！」

焦ったように言う姫沙。

「うるさい！　返事は！」

「……はいっ！」

姫沙はぎゅううっと帝の背中にしがみついた。

その弱々しい身体に、少しだけ活力が戻る。なぜか帝も全身が火照ってきて、冷たかった豪雨がシャワーのように感じられてくる。

西へ、西へと。

帝は姫沙を背負って走った。

泥沼を踏みしめ、雨の槍を縫って。

まるで無限の力が魂の奥底から湧《わ》き出《で》てきているかのように、荒々しく駆けた。

たとえ姫沙が敵方の後継者だろうと。

たとえ彼女が謀略で闘うゲームの対戦者だろうと。

そんなことは今は関係がない。

自分が誰よりも愛する相手のため、帝は大水を走り抜ける。

とっくに限界へ達している筋肉を、意志だけで駆る。

やがて、潮《しお》の匂いが鼻腔に流れ込んできた。

「これは…………」

見えてくるのは、荒れ狂った海岸線、打ち寄せる波飛沫、古びた船着き場。

そして、無機質なグレーの建造物。

真っ白なコンクリートの壁に、大きなガラスがびっしりとはめ込まれている。

それは別荘というより……。

「研究所じゃねえか！」

そういえばこの島は南条家の実験場だったのだと、帝は思い出した。

姫沙が消え入りそうな声で返す。

「廃屋《はいおく》だけど、別荘として使えないことは……ないわ……。手術台はベッドになるし、クローンの培養槽はお風呂《ふろ》になるし……」

「死ぬほどくつろげなさそう！　むしろ死にそう！」

「だ、大丈夫……証拠が一切残らない死体焼却炉もあるし……」

「大丈夫じゃやねえ！」

帝は正面玄関に駆け寄って扉を開けようとするが、開かない。

焦燥感に駆られて扉をがたつかせるものの、なんの解決にもならない。

「鍵《かぎ》は⁉」

「ここの責任者が持っているんじゃないかしら……」

「責任者は⁉」

「謎の失踪《しっそう》を遂げたわ……家族含めて……」

「闇が深すぎる‼」

帝は近くの窓ガラスを全力で蹴りつけた。

老朽化していたのか、ガラスはやすやすと砕け、破片となって周囲に飛び散る。

途端、けたたましいサイレンが鳴り響き始める。

『侵入者発見！　侵入者発見！　迎撃態勢！　直ちに本土部隊の出動を要請します！　到着まで各自の持ち場で防衛に努めてください！』

アナウンスが高らかに騒ぎ、真っ赤な警告灯が明滅する。

帝は前のめりに倒れるようにして、廃墟と化した研究所に膝を突いた。

「過労と熱射病、そして軽いウイルス感染ですね。抗生物質を投与して一週間ほど休めば、問題なく回復されるはずです。くれぐれもこれ以上のご無理はなさいませんように……」

そう言い残し、病室から医者が出て行った。

ここは本土の大病院、その特別入院室だった。セレブたちも重用するとして一部には有名な病院なのだが、経営しているのは南条家らしい。

豪勢な調度品で飾られた特別入院室は、高級ホテルのスイートにしか見えない。

ベッドには姫沙が横たえられている。

細い腕に点滴の針が刺さり、髪や肌は看護婦の手によって既に清められていた。島にいたときよりは血色が戻ってきているが、それでもまだ弱りきっている。

そんな姫沙を帝と並んで見守っているのは、南条家の私兵部隊の隊長。スタイル抜群の迫力美女だが、その眼光は鋭く、切れ上がった唇には闇が宿っている。

隊長は帝の顔を見やって鼻で笑う。

「まさか、北御門《クソミカド》の坊《ぼっ》ちゃんが姫沙様を助けてくれるとはねえ。見殺しにすれば南条家を滅ぼせるとは考えなかったのかい？」

「……考えるわけがない。姫沙を死なせるわけにはいかない」

帝は硬い口調で答える。敵陣の真っ只中、しかも隣には銃器やナイフで武装した危険人物がいる状態では、一時も気を抜けない。

「ふうん……なるほど……」

隊長はなにかを察したかのようにつぶやくと、軽く肩をすくめた。

「姫沙様もアンタも、クソみたいに難儀な道を選ぶんだねえ。ま、これからが最悪に大変なことばかりだと思うけど、せいぜい頑張りな」

女にしては傷だらけの手を無造作に振り、廊下へと去る。

扉が閉じてオートロックのランプが点灯し、固い足音が遠ざかっていく。

二人きりになった病室で、姫沙がささやいた。

「……ありがとう、北御門さん。この借りは、必ず返すから」

「貸しだなんて思ってない。これはこれで楽しかったよ」

帝は自らも疲労困憊した身ながら微笑する。

衰弱している姫沙に余計な心配をさせたくないし、疲れを見せるのもみっともないから、気合いだけで真っ直《ま》ぐ《す》に立っていた。

姫沙は小さく喉を動かし……、息を深く吸って告げる。

「もう、私は大丈夫。今ならまだ婚約の儀に間に合うわ。……行って」

「あ、ああ」

帝はスマートフォンの時計を確かめた。

確かに、最寄りの駅から新幹線に飛び乗れば、ぎりぎりで会場にたどり着ける時間だ。婿《むこ》側が行方不明になっている事実が静川家に伝わっているかは不明だが、とりあえず義理は立つ。

けれど……、帝はためらった。

弱っている姫沙を一人で残していくのが可哀想だった。彼女の脆さ、普通の女の子としての部分、その体温を知ってしまったからだ。

「じゃあ……、また、学校でな」

帝が迷いを振り切るようにしてベッドに背を向け、立ち去ろうとすると。

きゅっと、そのシャツの裾が摑まれた。

振り返って見れば、病床から姫沙が手を伸ばしてシャツを握り締めている。本当に心細そうな顔で、濡れた瞳を揺らしながら。

「行ってほしくないのか」

帝が尋ねると、姫沙はふるふると首を振る。

だが、帝のシャツから手を放そうとはしない。

まるで飼い主に捨てられかけた子犬のように、唇を嚙み締めて帝を見上げている。

どこまでも弱々しく、寄る辺のない姿で。

ぎゅ…

そんな彼女の願いに、言葉にならない懇願に、抗《あらが》えるわけがない。大好きな子が悲しんでいるのを、放っておくことなどできない。

帝はため息をついた。

「……ここに残るよ。姫沙が元気になるまでな」

「いい、の……?」

恐る恐る尋ねる姫沙。

「仕方ないだろ……俺はお前に捕まっちゃったんだから」

帝は姫沙の手をシャツから外して布団にしまい込み、ベッド脇《わき》の椅子《いす》に腰を下ろす。

穏やかな静寂。空調機の音と二人の吐息だけが、安らかな病室を満たしている。

ここは無人島ではないけれど、邪魔する者は誰もいない。

この場所でだけは、南北の争いなど存在しない。

「ありがと……、帝」

姫沙は真っ赤な顔を布団に半ば隠しながら、恥ずかしそうにささやく。

「……気にするな」

帝は頬が熱くなるのを感じ、窓の景色に目をそらした。

エピローグ EPILOGUE

蒼世《そうせい》学園の教室は、朝の陽射《ひざ》しに満たされていた。

今日も生徒たちは糊《のり》の利《き》いたシャツをきらめかせ、こぼれんばかりの白い歯を輝かせて挨拶《あいさつ》を交わしている。青春の一ページは、色鮮やかで美しい。

だが、その構成員である帝《みかど》は。

「はあ……。はああああああああ…………」

これでもかというほど、ため息をつきまくっていた。

日本を光に導く北御門《きたみかど》家の後継者のはずなのに、どんよりと闇《やみ》に包まれていた。

「もー、あんまり落ち込まないの！　婚約が上手《うま》くいかなかったくらい、別にいいじゃない！　次があるわよ、次が！　ね！」

姫沙《きさ》が朗らかに言い放つ。

「お前はすごく明るいな……」

「気分がいいからね！　今なら空だって飛べそうよ！」

「そしてものすごく元気になったな……」

「帝がずっとそばにいてくれたからね！　あれが私の計略だとも気付かずに！　まんまと乗せられた帝が滑稽《こっけい》で仕方ないわ！」

などとうそぶく彼女だけれど。

その言葉が本音ではないことを、帝はよく理解していた。

だって、病室にいたときの姫沙は、本当に弱りきっていたのだ。

無人島での二人きりの時間も、帝は忘れていない。いや、忘れられない。

結局、北御門家の後継者が行方《ゆくえ》不明になっていたことは、静川家にはまったく伝えられていなかったらしい。

無駄な騒ぎを避けるためだろうが、そのせいで帝は婚約の儀を無断欠席したことになり、静川家の当主は憤慨して婚約の儀を取りやめてしまった。

帝は北御門家の当主から大目玉を食らうし、どこでなにをしていたのか何日も詰問されるし、大変だった。

まさか姫沙に拉致《らち》されていたなんて白状するわけにはいかないから、嘘《うそ》発見器や脳波スキャンも誤魔化《ごまか》して沈黙を貫き通した。

「でも……私のこと、大事にしてくれて嬉《うれ》しかったわ」

ぽろりと本音をこぼすかのように、姫沙がつぶやく。

「……え」

思わず目を見開く帝。

姫沙は慌てて手を振り回す。

「あっ、嬉しいって言っても、そのっ、おかしな意味じゃないから！　ほらっ、私のことをあがめ奉《たてまつ》る信者になってくれて嬉しいって意味！　ドキドキとかした感じじゃないからっ！」

顔が真《ま》っ赤《か》だった。

「あ、ああ、そうだよな」

「う、うん……」

「そうか……」

「そうよ……」

二人して、妙な沈黙に身を浸《ひた》す。

相変わらずの姫沙だけれど、前と同じ姫沙ではない。帝のことを名前で呼んでいるし、なんとなく距離感が違う。無人島での一件は、確実に二人の関係を変化させている。

帝と姫沙が視線を合わせたり離したりしてもじもじしていると、空気を読まない大声が響き渡った。

「姫沙ちゃん！　帝くん！　どうしてずっと学校を休んでいたんですか!?　しかも二人で！　なにがあったんですか!?」

カメラのレンズを武器のように構えた木影《こかげ》が、帝たちの方へと突撃してくる。

面倒なことになりそうなので、帝は肩をすくめて告げる。

「偶然だ。二人ともインフルエンザにかかっていたんだ」

「そんなはずないです！　学校のデータベースをクラックして調べましたけど、二人とも病欠の理由にインフルエンザとは書かれていませんでした！」

「くっ……！」

そこまでするとは思っていなかったせいで墓穴を掘る帝。

木影は我が意を得たりといったふうに、ぐいぐいと押し迫ってくる。

「さあ、白状してください！　二人でなにをしていたんですか!?　駆け落ちですか!?　殺し合いですか!?　さあ！　さあさあ！」

「ちょっと向こうに行きましょうか、瓦屋《かわらや》さん。私がじっくり説明してあげるわ」

姫沙が木影の肩を摑《つか》んだ。

「ホントですか？　ありがとうございますっ！」

木影はあっさり乗せられた。

ここは私に任せておいて、なんて感じのウインクを姫沙が帝に送ってくる。

姫沙としても無人島でのあれこれが漏《も》れるのは困るし、なんとか言いくるめてくれるだろう、と帝は預けることにする。謀略と詐術は南条家の十八番《おはこ》だ。

木影を連れての立ち去り際、姫沙が軽く帝のそばに屈《かが》み込む。

その唇が、帝の耳元でささやく。

「今日から、またゲームの再開よ。全力で攻めるからね」

楽しそうな声音《こわね》に。

「……ああ」

帝は小さく笑ってうなずいた。


天蓋つきベッドの据えられた豪奢な自室で、姫沙が熱心に妹に語る。

「でね！　でねっ！　私をおんぶして雨の中を走っていたときの帝ったら、すっごく！　すっっっっごく格好良かったの！　もう最高の男なの！　バイタリティの塊だし、全然めげないし、私のこと全身全霊で守ってくれるし、優しいし！　もうもうもうもうっ！　大好き！　帝大好き！　結婚して！」

弾《はじ》けるようなノロケ全開である。

このテンションが帰宅してから連続三時間である。

しかも退院してから毎日である。

「コンナノ……アタシのオネエチャン、ジャナイ……」

美月《みづき》は瀕死《ひんし》になりながら震えている。誰《だれ》にも帝のことを話せない姉から毎日毎日地獄のようなノロケを叩《たた》き込《こ》まれ、自分が入院しそうなレベルだった。

だというのに、姫沙は上機嫌で人差し指を振る。

「もー、どうしてうんざりした顔してるのよー。帝の素晴らしさは、これくらいじゃ語り尽くせないんだから！　今日はあと五時間は付き合ってもらうわよ！」

「帝くんがすごい人だっていうのは知ってるよ！　だから命だけは！」

美月は姉に命乞いをした。

そう、知っているのだ。

南条《なんじょう》姫沙は、恐ろしい人間だ。南条家の後継者に必要とされる知略、冷酷さ、見識を人並み外れて兼ね備え、一族始まって以来の天才、中興の祖になるとも期待されている。

そんな姉が、北御門帝のことになるとおかしくなる。

感情に翻弄され、詰めが甘くなり、好意をまともに隠すこともできない乙女《おとめ》になる。

姉を変えたのは、北御門帝だ。彼は、本当にすごい。

姉の計略で無人島に連れ去られたのに、逆に姉がめろめろになって帰ってきてしまった。

「だいたい、おねーちゃんってさ。最初はなんで帝くんのこと好きになったの？」

「え……と、それは……昔……」

「昔……？」

「な、なんでもないわ！　いろいろあったのよ、いろいろ！」

姫沙は頬を赤くしてそっぽを向く。

――もう……、困ったな……。どんどん帝くんに興味が湧《わ》いてくるじゃない……。

姫沙のノロケを連日のように聞かされていると、美月は衝動を抑えられなくなってくる。もっと、帝のことを知りたい。それも、姉からの伝聞ではなく、自分の身で確かめたい。そういう気持ちが高まっていくのだ。

「ねえ……、おねーちゃん？　ちょっと相談なんだけど」

「なに？」

「おねーちゃんと帝くんの恋愛ゲーム……、アタシも参戦しちゃってもいいかな？」

怯《おび》えたような顔をする姉に、美月はにこっと笑ってみせた。

静川《しずかわ》家の屋敷、帝の許嫁《いいなずけ》である凛花《りんか》の部屋。

そこは、普通の女子校生の私室とはまったく違うオーラに満たされていた。

壁に何十枚と貼《は》られているのは、帝の高解像度ポスター。

陳列棚に隙間《すきま》なく並べられているのは、帝の精密なフィギュア。

女の子らしいベッドに横たえられているのは、帝の等身大抱き枕《まくら》。

その部屋は……ありとあらゆる北御門帝グッズで埋め尽くされているのだ。

「ああ……帝様……なんて凛々しいのでしょう……。今日の帝様も素晴らしいですわ……」

由緒正しい白瀬女子学院の模範的な生徒にして、静川財閥の令嬢である凛花は、はぁはぁと悩ましい吐息を漏らしながら……帝のフィギュアをぺろぺろ舐《な》めていた。

完全に興奮している。

むしろ我を失っている。

こんな姿を後輩たちや家族に見せてはいけないというのは、なんとなく、本当になんとなく勘付いているのだが、自分の気持ちを我慢することができない。

思う存分に帝の（フィギュアの）全身を舐《な》め回した後、凛花はようやく落ち着きを取り戻してフィギュアを棚に戻した。

我に返ると意識に浮かび上がってくるのは、苦い現実。

婚約の儀に婿が来てくれなかったという事実。

「帝様……、一週間、なにをされていたんですの……？」

凛花はぼんやりとつぶやいた。

彼が学校を休んでいるあいだ、南条姫沙も学校に来ていなかった。帝の不在も婚約の儀への欠席も、姫沙に原因があるのは間違いない。

あの二人が、一週間どう過ごしていたのか。

二人のあいだになにがあったのか。

考えると、凛花は胸が苦しくなる。

そもそも、別の学校に通っているだけでも凛花の不利。帝と姫沙は一日中共にいるのだから、現状のままで入り込めるはずもない。

打開策が必要だ。乙女の一生を賭《か》けた恋愛ゲームに勝つために。

「絶対に、帝様は渡しませんわ。わたくしが一番、帝様を愛しているのですから……」

凛花は帝の抱き枕を抱き締めると、スマートフォンを手に取った。

あとがき

こんにちは、天乃聖樹です。

ＧＡ文庫では一年ぶりくらいの新刊になります。そのあいだなにをしていたかというと、小説を書いたり、ゲームを作ったり、とにかくひたすらお話を作っていました！

二〇一七年は飛躍の年でした。新作小説のシリーズを安定させ、ゲームの分野でも憧れのメーカー様たちとたくさんお仕事をさせて頂くことができました。

ライトノベル作家としては、三月で五歳になります。実年齢は数えるのをやめました。ここまで生き残ってくることができたのは、皆様の温かい応援のお陰です。

惜しみないサポートをくださる担当編集者の宇佐美様、中溝様。魅力的な絵を描いてくださったｋａｋａｏ先生。編集部の皆様、出版業界の皆様。いつも元気と勇気をくれる大切な家族。そして、この本を手に取ってくださった読者の皆様。本当にありがとうございます。

今後も明るく楽しい物語を送り出して参りますので、どうぞよろしくお願いいたします。

人生最上の日に

二〇一七年十二月十四日　天乃聖樹

ファンレター、作品の
ご感想をお待ちしています

〈あて先〉

〒106－0032
東京都港区六本木2－4－5
SBクリエイティブ（株）
GA文庫編集部 気付

「天乃聖樹先生」係
「kakao先生」係

本書に関するご意見・ご感想は
右のQRコードよりお寄せください。

※アクセスの際や登録時に発生する通信費等はご負担ください。

http://ga.sbcr.jp/

可愛い女の子に攻略されるのは好きですか？

発　行　　2018年2月28日　初版第一刷発行
著　者　　天乃聖樹
発行人　　小川　淳

発行所　　SBクリエイティブ株式会社
〒106−0032
東京都港区六本木2−4−5
電話　03−5549−1201
03−5549−1167（編集）

装　丁　　AFTERGLOW

印刷・製本　中央精版印刷株式会社

ISBN978-4-7973-9547-1
Printed in Japan　　GA文庫